Kadokawa Fantastic Nove
4
歡迎來到實力至上主義的教室
衣笠彰梧
トモセシュンサク

「學力？
真無聊。
那種東西
沒有任何價值。」
龍園翔
C班男學生，班級領袖。腦袋非常聰明，但只重視結果而不擇手段，使得許多人不幸。

伊吹澪
C班學生。打從心底討厭獨裁支配C班並且不斷採取異常戰略的龍園。
「既然如此，我們現在就在這裡再次交手吧。」

我不需要什麼青春。
我不需要什麼朋友。

重要的
便是
保護自己。
為此，
必要的事情，我什麼都會去做。

「我會贏的。」
堀北如此簡短答道。

「……也就是說，
你找出優待者了嗎？」

4
Welcome to the Classroom of the supreme principle of force
歡迎來到實力至上主義的教室

衣笠彰
KINUGASA SY
トモセシュン
TOMOSESHUNS
4
歡迎來到
實力
至上主義
的教室
Welcome to
the Classroom of
the supreme principle
of force
Kadokawa Fantastic Novels

contents

P011 輕井澤惠的獨白

P015 平穩的日常生活突然間就……

P084 千差萬別的想法

P168 Double Question

P278 各自的差距

輕井澤惠的獨白

結果，我就算進了這間學校也沒有任何改變。

不，或許我從一開始就不打算改變。

無論好壞，我和當初都一樣。

理由非常簡單。

因為我很了解自己。無論優點和缺點，我全都了解。

我也很清楚男女生都不喜歡我。

我明明清楚一切，卻不打算改變。

但這樣也沒關係。

因為我已經變得不再覺得那是種痛苦。

要說為何，是因為我就是如此期盼。

我從客房設置的淋浴間走出，連淋濕肌膚的水滴都不管，就這樣全身赤裸地站在鏡子前面。

我究竟已經想過多少次要打碎鏡子了呢？

每當看見側腹的舊傷，恐怖的過去就會探出頭來。
我感到一陣暈眩與吐意，於是撐著洗手台吐了出來。
為什麼我非得遭遇那種事情呢？
為什麼我非得像這樣受苦呢？
為什麼、為什麼、為什麼——我一直重複著這句話。
重複著這句沒意義的話。
過去無法改變。
誰都無法改變。
神明是殘酷的。
我的人格在那天惡夢之後就被破壞，失去了青春、朋友和自我。
我必須修正那項錯誤。
就算再怎麼惹人厭，都比再次遭遇同樣的處境還好。
我不需要什麼青春。
我不需要什麼朋友。
重要的便是保護自己。
為此，必要的事情，我什麼都會去做。

我是——寄生蟲，是個無法獨自生存的弱小生物。

高度育成高級中學學生基本資料 時間7/1

姓名	一之瀨帆波 Ichinose Honami
班級	一年Ｂ班
學號	S01T004620
社團	無
生日	7月20日

評 價

學力	B+
智力	A
判斷力	B
體育能力	C
團隊合作能力	A-

面試官的評語

作為高中一年級學生，這名學生擁有非常強的能力。我們推測她與同學年的葛城、坂柳等A班學生一樣擁有著相同的潛能，然而她在國中時期有著長期缺席等令人擔憂之處，因此我們決定把她分發至B班。

導師紀錄

她是個可以讓我完全信任的女孩子。擁有立刻統合不團結的B班的直率性格與強大能力。毫無疑問是個隸屬A班也不奇怪的女孩子。

平穩的日常生活突然間就……

無人島上的特別考試結束之後已經過了三天。我們高度育成高級中學學生搭乘的這艘豪華遊輪上沒有發生任何事，維持著平靜的時光。

對謳歌青春的學生來說，無人島上的野外求生是種很容易失去冷靜判斷的情況，事到如今應該也不必多說。

我們男生基本上是野獸——是種渴望著性的肉食動物。男生會看著草食動物的女生們成群互相嬉鬧，一方面同時期待日後是否會有什麼命運般的進展。這裡是一應俱全的豪華遊輪。我們正處在連討人厭的事情都可以忘卻的夢幻般旅行裡。就算誰和誰墜入情網也都不奇怪。

這只是無意間聽見的謠傳，不過我聽說船上誕生了幾對情侶。很遺憾，這種會喜悅到忘乎所以的事情不可能發生在我身上。大部分時間我都是孤身一人。

這和考前狀況沒任何不同。

不……圍繞在我周遭的環境應該確實正在開始改變。

儘管這不是我的本意，但我入學以來的計畫被強制進行了大幅修正。原本，我是出於某個理由才選擇入學這所學校。

「到畢業為止的期間，學校將強制斷絕學生與社會上的接觸並且禁止外出」。

我的目的就是這則校規。

然而，現在「某個男人」卻強行企圖從外面的世界接觸我。班導茶柱老師把這項徵兆告訴了我。豈有此理的是，茶柱老師還威脅要是我不協助她以A班為目標，就要強行逼我退學，把我逐出這個樂園。這是聖職者不該做出的殘忍行為，可是無力的我也沒有接受以外的其他選擇。要說為什麼，因為我沒有足以確認真偽的辦法。這麼一來，就算我不願意，也會變得必須假定這就是真相來採取行動。

不過，我不打算完全按照班導的想法來行動。根據情況不同，我也必須考慮在備齊必要消息的時候，同時由我這方來採取動作。

惡魔在我的腦袋深處傳來針扎般的低語。這不過是在被幹掉前先下手為強就好的事。

——你應該想得到無數種逼她辭職的手段吧？

這種危險想法真的只有轉瞬即逝。我立刻就恢復我這種和平主義者會擁有的平常心。

「唉……如果我有足以移動地球自轉軸的拳擊力量就好……」

這樣我就可以不用為了這種小事煩惱，並且堂堂正正地生活下去。

我一面幻想不可能存在的七龍珠世界，一面望著窗外。

無人島考試結束之後已經經過三天，情況沒有任何變化。

野外求生結束後，大部分學生都不覺得考試會就這麼結束，預測校方將會前來挑起某些考驗。可是現在完全沒有那種跡象。船上就像是真的迎接暑假般的祥和平靜。大家於是就開始盡情享受起這快樂的旅程。

學生們當然開始放鬆，逐漸切換成「考試就這麼結束了」的樂觀心情。心想兩週旅行中的後半段一週，是替學生設想的純粹度假。正因為旅行第一天開始大家就被迫體驗無人島生活，才會產生這種鬆懈心態。不能說這想法不好。這時候最容易疏忽大意、危險就是世上的常態——即使有這種心理準備，也不代表可以好好讓事情度過。況且，放鬆下來有時也較能留下佳績。

「咦？難道你一直待在房間嗎？」

我獨自在客房眺望窗外可見的海景。和我同寢的其中一名室友——名為平田洋介的男學生前來向我攀談。

「我沒什麼理由外出走走，也沒有什麼會一起玩的對象。」

「沒這回事吧？應該有須藤同學他們和堀北同學她們吧。」

他們確實算是有把我納入「朋友」範疇，我自認也有把他們當朋友。

但就算屬於朋友範疇，只要我處在最低階級，我和其他朋友的待遇就會不同。

每逢出遊，若有對象可以邀約，其中也會有那種十次裡只會過去邀請一次的人吧。

我當然就是那種十次中只會被邀請一次的存在。

「我想綾小路同學你要是再積極一點就交得到朋友了呢。雖然我這樣很多管閒事。」

這個叫作平田的男人，是受到眾多學生廣大支持的人氣王。

尤其受到女生徹底信賴，還有個叫作輕井澤的女朋友。這種幸福美滿的男人，應該不懂提不起積極性的男人的痛苦。

「綾小路同學你是個很有想法的人，接著應該只需要一點點契機吧。」

我不需要這種看似溫柔卻殘酷的安慰。

我不需要「咦——○○同學你明明感覺就很受歡迎——」那種女孩子會說的話。我不需要我說「那妳跟我交往」對方卻回答「這有點為難……」的那種發展。

我朋友和女朋友都交不到，所以才會像這樣子獨來獨往啊。混蛋。

「我預定十二點半開始要和輕井澤同學她們會合吃中餐，一起吃怎麼樣？要是你能過來，氣氛會很熱鬧喔。」

「輕井澤……她們？」

「嗯，大約還有其他三個女生。你不願意嗎？」

我稍微想了想。因為老實說我開始想和輕井澤稍微有些接觸。

但現在這個時間點應該不必著急。而且如果也有其他女生同行，那別說是進行對話，我認為

場面絕對熱鬧不起來，還會徹底冷掉。

「我就不用了。我和輕井澤她們那團沒有特別要好。」

班上同學們的關係在第一學期結束的時間點就已經確立完畢。事到如今，我還有什麼臉去構築新的人際關係呢？我的眼前浮現輕井澤她們對我感到厭煩的模樣。

不知道平田懂不懂我這害怕人與人交往的情緒。他在我身旁坐了下來。

「我隱約了解你猶豫的心情。正因為這樣，我才希望你可以依賴我呢。」

他無論何時何地都維持著這張爽朗的臉龐。這是個令人感謝的提議，但我還是左右搖了搖頭。

「距離你們碰面只剩下十分鐘了喔。你還是別管我會比較好。」

「沒關係，我可以不用這麼急。而且，我覺得像現在這樣也很開心。」

對旁觀者來說，我的話聽起來應該就像是逞強或藉口，不過我真的是在某種程度上對現狀感到滿意。當初入學時我確實感受到自己有用「來交一百個朋友」的氣勢渴望著朋友，但是每個人自然而然會安頓下來的位置，從一開始就已經註定了。現在我可以坦率地同意——光是變得能夠和笨蛋三人組、堀北、櫛田、佐倉這些人交談，我的校園生活就不算是很糟糕了。即使如此，叫作平田的這個男人看見獨自度日的人似乎無法置之不理。

「那如果是跟我兩人單獨吃中餐怎麼樣呢？即使如此你也不願意嗎？」

兩人獨處的房間裡。平田來床上與我相鄰而坐，對我投以認真的眼神。

要是我被他輕輕推倒身體，接下來說不定就會一發不可收拾。

「呃——我不是不願意……可是你和輕井澤有約了吧。」

「輕井澤同學她們無論何時都能一起吃飯。可是，我都像這樣和綾小路同學你同寢室了，而且至今為止我們幾乎沒機會可以一起吃飯。」

一般來說，即使不講理也想和女生一起吃飯才是健康男生的想法。

然而，平田卻能夠毫不猶豫優先和男人兩人單獨吃飯。

甚至幾乎讓人懷疑他說不定是有「那個」意思。

我雖然常常被平田迷得頭暈目眩，但還是保持著身為男人的理性。

「我事後會得罪輕井澤，你就饒了我吧。」

我為了想辦法拒絕，重複著委婉的否決。不過這好像刺激了平田的良心。對平田來說，我看起來應該就像剛出生無法邁出步伐並且顫抖著的小鹿吧。

「沒關係，輕井澤同學不是會因為這種事就怨恨你的人。」

不不不，雖然你笑著這麼說，但輕井澤就是這種人吧。就算她在平田面前裝乖，但平田應該也知道她對待其他人的時候性格非常苛刻。

即使如此，從平田眼裡看來，輕井澤還是被他分類到「不是那種人」的範圍之中嗎？

這讓我聯想到心腸慈悲包容不良學生的夜巡老師。

「嗯，我還是拒絕輕井澤同學吧。」

平田有些強硬地這麼說完，就向輕井澤撥出拒絕電話。

我打算阻止，但平田用眼神和手制止了我。

「你有想吃什麼嗎？」

平田在電話接通前的期間，拋出這樣的問題。

「……我吃什麼都可以，不過我想避免油膩的東西。」

客船上有眾多餐廳櫛比鱗次。內容當然也很廣泛，從拉麵或者漢堡這類垃圾食物，乃至法國料理都有。

想到現在還是白天，我就想盡量控制自己，吃些簡單點的食物。

平田真的在電話上乾脆地說自己有約，向輕井澤表示拒絕。我無法清楚聽見輕井澤的聲音，但平田強硬結束話題，並且掛斷了電話。

「……這樣真的好嗎？」

「當然。那麼我們去甲板吧。那裡是輕食中心，所以方便用餐。」

平田像在引領躺在床上悠閒放鬆的我而打開了房門。

向我搭話、為我擔心，以及設身處地替我著想——雖然這些事就和平常一樣，但就擅長觀察氣氛的平田來說，把不感興趣的我給帶出門，這樣好像有點強硬。說不定有什麼隱情。

「謝謝你在無人島的時候幫忙我。綾小路同學你幫我找了犯人，我卻沒有好好向你道謝，真是抱歉呀。」

「這事不值得道歉。我也沒派上用場。發現內褲賊的人是堀北。」

「結果上是這樣，不過我也很感謝你不表示排斥地協助了我喔。」

說到內褲那件事，我就回想起一件事情，於是決定問問平田。我好好地確認過周圍沒人之後，就開口說了出來。

「輕井澤的內褲後來有還給她本人嗎？」

「嗯，也因為犯人是伊吹同學，所以進行得意外順利。」

上次無人島考試發生一起竊盜事件。身為女生的輕井澤，她的內褲當時被偷走，班上因而陷入一片混亂。我們在男生的包包裡找到那條內褲，D班男女之間的關係因此令人擔憂。不過也因為有平田保管那件內褲等轉機，最後才沒釀成大事。總之真是太好了。這是非常敏感的部分，我也很在意後續變得如何。

我在想說不定連平田也會錯失歸還的時機。

要是他們彼此間是可以若無其事還內褲的關係，這或許就是他們升上大人階段的證據。我們搭乘船內的電梯前往最上層的甲板。

許多同年級學生看來都以各自喜好的打扮盡情享受著暑假。附近也有附設的游泳池，所以當中也有大膽穿著泳裝來來往往的男女。大家已經完全擺脫考試心情，這也是難怪。這種現況應該可以說是由在無人島封住、抑制住欲求所產生的那股反作用力造就而成。

而且，利用船內設施和飲食都不需支付手中的點數。換句話說，無論有沒有錢，一切都是免費的。如果玩的和吃的全部都免費，那要我們別失分寸才不合理。好像就只有泳衣和游泳道具是租借來的。不過這應該也沒什麼好不滿的吧。

在抵達目的地店家之後，我們發現一半以上座位都客滿了。我們兩個像混進人群似的確保住還空著的座位。

「其實……我有些事想商量。」

平田就坐，把視線落在菜單上，隨即有些抱歉似的說出這些話。

「商量？」

果然有隱情。所以他才會想要和我面對面用餐的這種時光啊。該說這反而令人感謝嗎？這是個在受邀時能讓人接受的理由，所以我並沒有意見。

「來和不適合當作商量對象的我搭話，也就是說……這內容很侷限對象嗎？」

選定我這種不符合擅長說話、傾聽的人物，應該有理由。

「你能不能擔任我和堀北同學的中間人呢？我認為今後D班要團結一致地努力下去，堀北同學果然是個不可或缺的人物。」

是這方面的商量呀。我點頭之後，平田就一邊道歉，一邊繼續話題。

「上次，我們D班因為堀北同學的活躍表現而獲得意想不到的成果。我覺得這一口氣提昇了班上的士氣。最重要的是景仰堀北同學的人增加了。這是個很大的變化呢。」

「嗯，是呀。」

堀北鈴音這名少女是我作為D班學生入學之後的第一個朋友。對對方來說我應該也是最初的朋友。她現在也是個沒有其他像樣朋友的孤高之人。整體來說，她擁有很強的能力，是文武雙全的資優生。但缺點大概就是——高傲所致的那種不和任何人有瓜葛的性格，以及因為不擅與人相處而經常採取的強勢態度。

「正因為我們現在處在這種情況，包含我在內，我認為她應該要和大家相處變得更加融洽。我隱約覺得只要大家互相合作，似乎就可以升上C班或B班。不，是似乎就可以升上A班。」

假如這種話被某個不認識的人聽見，或許會覺得平田是在講好聽話。可是平田當初在入學沒多久的階段就很器重堀北。他應該從一開始就察覺堀北的潛能之高了吧。我不覺得他的話裡有令人不悅的地方。

我對於這項提議認為幫忙也無妨。這件事情本身很簡單。因為如果只是要引見平田和堀北，即使是我也辦得到。不過，這並不會通往解決之道。

「可是，要是我去當中間人事情就可以順利進行，那就不用辛苦了吧。堀北就是那種人。」

就算我再怎麼想軟化她和周遭的關係，她也會嚴厲地說我多管閒事，然後結束話題。倒不如說，如果她發現我在暗地裡採取行動也不奇怪，畢竟她是堀北。她恐怕會更與我們保持距離。她對於第一學期櫛田在咖啡廳裡的行動所採取的對應，就確實證明了這點。

「嗯，我當然也自認很清楚這一點。堀北同學對綾小路同學你以外的人都沒有敞開心房。我也不打算強行要她敞開。所以我希望你把我的意思用你的方式轉換後再告訴她——在隱藏我的存在之後。」

然後，再由我轉述給堀北嗎？

反過來應該也一樣吧。我聽了堀北意見之後，再跟平田傳達詳情。

也就是說，這麼一來就可以不被堀北知道，並建立起看不見的合作關係。

「光聽是很簡單，但也沒這麼單純吧。平時我都任由堀北擺布……這麼說雖然會有誤解，但我平常不會特別拋出意見。假如我突然不客氣地說出這些話，她應該會覺得很可疑吧。文不對題的意見就姑且不論，但如果是你的意見，那正當性或者理由應該都會很確實。」

「可是，現在除此之外我想不出其他辦法。就算我和堀北同學商量，老實說我也沒自信可以順利說服她。這是苦肉計啊。」

「在這個階段就使出這種招式不會太早了嗎？」

他想和堀北聯手的心情已經充分傳達過來，但如果是這樣，也只能正面面對堀北了。我知道這是很困難的事，可是和他人互相合作就是這麼回事。

平田似乎也懂這種理所當然的事情。因為沒有人會像這傢伙這樣，那麼替班級著想並且珍惜友誼。如果這麼想，那他這次提議就留有了疑點。

他好像對什麼事情感到焦急，而且迷失原本的自己。我自然而然回想起平田在無人島時的奇怪模樣。平田在D班屢屢被捲入麻煩，團結令人擔憂之際，進入了半恍惚狀態。那件事可是非同小可呢。

我點了吃起來很方便的三明治和飲料。甲板旁的游泳池有學生們在游泳，也有人就這樣穿著泳裝用餐。學生們看起來都非常開心。

要是池或山內在這裡，那麼比起吃飯，他們的視線應該會被身穿泳裝的女生給奪去吧。我眼前的平田沒把目光投在食物或女生上，而是看著我沉思。

「是呀。就像綾小路同學你說的那樣，我的想法或許很膚淺。」

立刻承認自己判斷失誤的率直柔軟應對，也算是平田的魅力吧。

即使如此，他想和堀北建立合作關係的想法好像還是很強烈，完全沒表現出放棄的模樣。

「或許我應該好好思考接近她的方式呢。堀北同學屬於有點難相處的類型。綾小路同學，你

是怎麼和她要好起來的呢？」

平田好像為了加深自己與堀北之間的關係，想先作為朋友來接觸她。

這份積極心態是正確的。要是我有做得到的事，我也很想助他一臂之力……

「關於這點，我都會定期向人表示否定，我和堀北並沒有特別要好喔。是最近好不容易才好像讓她認同我是朋友的程度。」

「堀北同學關係要好的人就只有你，所以你是個很特別的存在喔。」

特別的存在啊。在我總算和一個人要好起來的時候，這男人已經和四十個人打好了關係。這真不是他該說的台詞。或者，說不定正因為他已經可以和四十個人感情融洽，無法和特定的學生變得要好才會令他焦躁。

「你應該不必這麼焦急吧？第一學期才剛結束呢。」

團結力基本上必須共度相同時光才會增強，或是把我們放在像無人島考試那種既突發又嚴酷的情況下才會產生。當然，應該也可能藉由行動提昇，但大致上那種東西都會脆弱地瓦解。

「把堀北不是那種急著想交朋友的性格也納入考量會比較好喔。」

我想這麼說最能得到平田的理解，於是就這麼告訴他。

「……說不定是這樣吧。」

我或許還是太操之過急了——平田再度露出反省之色。

「我好像連她的心情都沒考慮，就想拋出單方面的想法呢……」

這麼說給自己聽的平田這次好像接受了，大大地點了個頭，並且綻放笑容。

「對不起呀。邀你吃飯還擅自商量起事情。來，我們開動吧。」

他好像轉換了心情。我們兩個隨即開始吃起送來的餐點。然而，平田馬上就像是察覺到有誰接近，而用不知所措的模樣對我使眼色。

「啊——你果然在這裡呀！平田同學！一起吃飯吧！」

輕井澤率領的女生們在甲板上發出開心的聲音，走了過來。

「呃——……輕井澤同學，我想剛才我已經在電話上通知過妳了……？」

輕井澤她們將看起來很困擾的平田丟在一旁，接著拉開別桌的椅子，推開了我，然後把平田包圍起來。安穩的用餐場合突然變得吵嚷。雖然我溝通能力上有困難，不過不用擔心，我已經很習慣這種時候的應對了。我應該要使用在第一學期學到的拿手技能「迅速退場」。

我拿起自己的食物安靜無聲地站起。雖然隱約覺得自己和平田瞬間對上眼神，但他立刻就被女生圍住，看不見蹤影。

這是把重點放在和同學打好關係所產生的少數缺點呢。為了別人而撥出自己的時間，於是就無法好好獨處。就算他有私人的煩惱，也會因為無法和輕井澤她們商量，而悶在心裡。

我丟下被輕井澤占住的平田。因為沒什麼一起的對象和說話的對象，所以我決定回去房間。

我不使用電梯，從樓梯返回船裡。當我一回到我房間所在的三樓，就發現走廊上出現點點水斑。

這些水斑似乎一直延伸到我房間所在的那一端。我追尋痕跡似的走著，結果發現那裡有一名穿著海灘褲，赤裸上半身的男人正優雅地走著路。

「客、客人！您就這樣身體濕答答地走在走廊上，我可是會很傷腦筋的！」

男服務生察覺緊急狀況，便急忙奔至男人身邊。不知為何他手上有一條毛巾。不知該說是準備太完善還是什麼才好，他的樣子就像是總是隨身攜帶似的周到。

「哈哈哈！看來被你發現了啊。」

「什麼發現，這樣就是第四次了。我已經告訴過您好幾次，請您從游泳池上來後擦乾身體再回到船內！這樣會造成其他客人困擾！」

看來他好像已經是慣犯了，所以男服務生才會事先準備毛巾。

「困擾？我可不記得自己被人說過半次這會是困擾呢。很不巧，我從懂事以來就是不擦乾身體主義。從前就會這麼說吧——所謂水嫩嫩的美男子。」

高圓寺將濕濡的頭髮迅速往上撥，使水滴四散至周圍。男服務生看見這情況，便急忙拿毛巾擦掉走廊或牆上的水滴。

高圓寺好像覺得這慌張的模樣很有趣，於是停下了腳步。

「你有帶筆和紙嗎？」

「咦？啊，有、有的……我的工作性質會隨身攜帶著筆記本和筆……」

男服務生不懂話題發展，就這樣恭恭敬敬地拿出了原子筆。

「你知道知名人士的簽名，有時候會附上意想不到的增值價格嗎？據說在國外也有附加數百萬至數千萬價值的案例呢。」

「這……又怎麼了嗎？」

他流暢地在筆記本裡寫了些什麼，就把本子遞還給男服務生。雖然我是遠遠看，但我看見紙上有用難以閱讀的文字寫上的「高圓寺六助」。

「這、這是什麼呀……」

「這很一目瞭然吧？是簽名啊，簽名。就算是便宜的筆記本，將來也一定會附上價值。我就送給你吧。給我心存感激地保管起來。」

看來高圓寺打算送禮給捨身（？）工作的男服務生，才寫下了簽名。然而，這件事似乎就是所謂倒添麻煩的好意，他一點都不想要。

不如說，原子筆和筆記本的消耗部分甚至是個損失。

「別擺出這麼疑惑的表情。將來我會成為一肩扛起日本的男人。我可是等著到時候要搭乘大船呢。當然，那會是艘遠比現在搭乘的這種民間船隻還要更大的高級豪華遊輪。」

就算說是豪華遊輪，但只要不是那艘有著沉船命運的鐵達尼號就好。

高圓寺滿足地笑著。啞口無言的男服務生，對自由自在男人的失控好像已經失去制止的自信，凝視著被水滴弄濕的地板。他好像不願意再和高圓寺扯上關係了。

謠言是個會不脛而走的東西。同年級學生就像是覺得「我可不想被這個只顧自己方便的個性玩弄」，因此誰都沒有去勸戒高圓寺。最重要的是，同學們都已經體驗過這種與男服務生相同的境遇。

要是平田看見高圓寺，或許會稍微向他搭話吧，不過應該也不會責備他。即使責備也會被他忽略，或者最多就是像男服務生那樣被隨便地對待。

高圓寺這個男人是個毒藥般的存在。接觸他的無論是敵是友，都會感到痛苦。

我想避免被捲入麻煩事，而靜靜地走過兩人身旁。

君子不履險地。

「哎呀？這不是綾小路boy嗎？真巧啊。」

嗄……——我的喉嚨差點忍不住發出這個聲音。沒想到我居然會被他搭話。男服務生發現高圓寺的目標從自己轉移到我身上的瞬間，浮出了滿臉笑容。

就像是在說——啊，我被釋放了！

不不不，作為一名船員，這是怎麼回事啊……不管是怎樣的客人都應該要從頭效勞到尾吧。這就彷彿是單純餵養著寵物魚，而養不了就私自野放到河川裡一樣。更何況，身為凶暴外來種的高圓寺，想必將會一隻不剩地驅逐、侵擾河川的原生種。

「有什麼事嗎？」

「不不不，沒什麼事。我只不過是以schoolmates身分向你搭話。即使我們的身分地位不相稱，但你也是我的roommates呢。」

他再次迅速撥起頭髮，水滴就像散彈槍那樣濺來我的臉和制服上。他本人當然只在乎自己撥頭髮的方式，絲毫沒有察覺其受害者之類的事。

儘管我也受害了，但男服務生笑眯眯地守望著我的慘事。

嗯嗯，我可以深切了解你的心情——……才怪。

「那麼我就在此告辭。請您今後多加留意。」

男服務生使出逃跑這招，同時還留下了一句勸告。他好像打算結束最低限度的職責。當然，我可不想在這地方被迫和高圓寺獨處。

「請問你剛才在和高圓寺說什麼呢？」

男服務生的表情瞬間從笑臉轉為憤怒，但高圓寺看向男服務生的剎那，他又再次恢復成笑臉。簡直就像是阿修羅人（註：漫畫《金肉人》裡擁有三張臉的角色）。

「不，呃，就如您所見，他的身體好像濕答答的，因此我才將毛巾——」

「換句話說，你就是來勸戒他的呢。打擾你們了，那我就先告辭了。」

我把男服務生傳來的球，強行以剛速球打了回去，接著溜之大吉。

「Boy，你是來勸戒我的嗎？」

「啊——不，這個，所以說……」

我總算從高圓寺手中逃離，打算返回自己的房間。

「可是……要是就這麼回房間，就會和高圓寺碰面吧。」

那樣的話，房間感覺就會變成一個有點麻煩的空間。這趟旅行之中，我有好幾次和他獨處的時間，那實在是不自在到令人難以置信。

我想要避免尷尬的氣氛，於是從右向後轉，決定錯開回房間的時間。

我想瞄準同寢的平田或幸村可能回到房間的時間回去。附近導覽看板上淺顯易懂地張貼著船內的地圖。雖然它不過是張地圖，卻被鑲在金框裡頭。很像是豪華遊輪會有的搭配。我環視地圖，在腦中描繪出可以打發時間的路徑，接著立刻搭電梯變換樓層，下去二樓。

船隻一共分成九層樓以及屋頂，由地上五層樓及地下四層樓組成。一樓是休息室或者舉行宴會使用的樓層，屋頂則設置了游泳池、咖啡廳等。三樓到五樓部分是設有客房的樓層。三樓男生、四樓女生。包括老師在內，男女生都明確地被分了開來。只是男女生之間並沒有特別制定移動限制，所以就算男生往返女生的樓層也沒有問題。硬要說的話，就是午夜十二點之後禁止停留和進入的程度吧。順帶一提，其他樓層像是地下一樓至地下三樓裡，有電影或舞台等各種娛樂設施。而位於遊輪最底層的地下四樓則似乎有配電盤室等機房。關於地下四樓，應該可以說是和學生完全不相關的地方。

像是休息室之類可以二十四小時利用的地方，就算在深夜也可以自由進出，不過我們卻收到校方布達，通知極力避免深夜靠近。

我現在正走著的二樓，有好幾間和其他客房氣氛不同的房間，我不清楚何時會利用到這裡。通道也很冷清，幾乎沒有學生蹤影。

這時，我口袋中的手機震動了一下。

我拿出手機，發現自己收到一封郵件。它是來自某名少女的邀約。該說是正好嗎？也就是說，我有了打發時間的安排。我沒有任何理由拒絕，於是便欣然答應。

「唉……唉——……唉唉唉——……」

我靠近身為寄件者的佐倉身邊，就看見她重複著非常煩惱的嘆息。

「妳怎麼了啊？」

「唔哇！啊，綾小路同學！」

我不記得自己有使用會讓人這麼驚訝的搭話方式，但對佐倉來說這好像是個突襲。她猛然伸直總是駝著的背脊，並且驚慌失措。

「抱歉，嚇到妳了。」

「不、不會，我只是莫名有點緊張。」

她和朋友碰面似乎就會很緊張。看來她的私生活好像還是很辛苦呢。

「綾小路同學，你同寢的室友是平田同學、高圓寺同學，還有幸村同學……對嗎？」

「我嗎？嗯，是啊。這怎麼了嗎？」

我很意外她會來問我這種事。

「嗯……其實，那個……我因為同寢室友的事情而有點煩惱……」

她應該和室友的關係不好吧。這很像是那個平時不擅與人相處的佐倉。只要看見她的表情，我就知道這是她的重大煩惱。

「妳所謂的煩惱，是指想和她們變得要好，卻沒有辦法嗎？」

「該怎麼說呢……想和她們變得要好的心情，以及想要獨處的心情，我兩者都有。所以……我還真是沒用呀。」

佐倉變得很氣餒。她的語氣也很氣餒，不過我光是看見她好像很不安的雙眼，就馬上明白了。我不知道佐倉房間成員有誰，以我的角度來說，現階段沒辦法做出建議。

「附帶一提，和妳同寢的人有誰？」

「嗚嗚……你願意聽我說嗎？是篠原同學、市橋同學，還有前園同學喲……」

她用極為意志消沉的模樣說出同寢室友的名字。

成員的性格實在都很強烈。說到篠原，她是和D班輕井澤關係密切且握有勢力的女生。她的性格倔強，就連和男生吵架也會正面對抗，是個值得依賴的人，可是她對合不來的對象卻很不留情呢……我想她對佐倉沒什麼想法，不過佐倉應該不是她會想去打好關係的對象。市橋平時穩重，但她類似篠原，都屬於強勢性格。前園我不太了解，但我對她的印象是容易和人吵架，以及態度惡劣。對佐倉來說，她應該是最難相處的其中一類人吧。面對這些成員，就算佐倉想努力拉近距離，假如她們不喜歡佐倉那種模樣，佐倉即使被討厭也相當有可能。光是至今為止她都沒有哭著找誰，我甚至都想摸摸她的頭，告訴她「真厲害、真厲害」了。

「可是，妳為什麼要跟我說？」

「……我在想若是你的話，應該會給我什麼建議吧……」

佐倉小聲說道，輕輕點頭。

看來這是個我意外受人依賴的情況。佐倉接著馬上補充道歉。

「擅、擅自想來依賴你，真是對不起。綾小路同學你明明也很忙。」

「沒什麼關係。妳就算找我商量，我也不會困擾。只不過能不能幫上忙，又是另一回事了呢。」

真哀傷。我本身和佐倉同寢的任何人關係都不太好，所以也無法順利幫助她。當我正在沉思有沒有什麼辦法的時候，客房的門打了開來。

「咦？綾小路同學和佐倉同學，你們在這種地方做什麼呀？」

從客房裡冒出身影的，是D班的櫛田桔梗。

佐倉開朗的表情立刻就消失在雲縫裡。四周氣氛變得很不自在。她很不擅長控制自己的表情吧……她對櫛田的出現，明顯表示出抗拒的反應，但櫛田好像完全不介意，並繼續說了下去：

「啊，我並沒有打算打擾你們喲。我只是要去和朋友會合。」

「……我要回房間了。」

櫛田急忙打算拉住她，但佐倉還是快步跑回了船裡。

「唔——……抱歉呀。真是個不好的時間點。我不搭話或許會比較好呢。」

櫛田合掌道歉。她沒有理由需要道歉。這只是佐倉不擅長與人相處而已。

「話說回來，總覺得這是回到船上之後第一次和妳說上話耶。雖然我有遠遠看見妳和各式各樣的人玩在一塊。」

櫛田即使在D班，也是個最受歡迎的人氣王。不，應該說是全學年第一吧。她在入學典禮那天宣言要和大家成為朋友的目標，現階段眼看就要達成。除了佐倉等極少數人之外。

「今天我和C班女生們約好要一起玩。綾小路同學，你也要過來嗎？」

「咦……我可以參加嗎？」

「咦？你要來嗎？」

……氣氛變討厭了。

我不小心透露想去看看的真心話。櫛田對於這句真心話好像瞬間感到不知所措。這是客套話。換言之，確實拒絕客套話才是禮儀。

「我說笑的。妳也知道我不是那種會參加的人吧？」

「真是的——也是呢。我有點嚇到了耶，綾小路同學你還真有趣呀。」

「是、是嗎？」

我不覺得她是認真覺得有趣，但櫛田這麼一說，聽起來就會像是發自內心，還真是可怕。

「那我走嘍。」

我們彼此簡單道別。這時，我和櫛田的手機忽然同時響起。

尖銳的高亢聲響。這是來自學校的指示，是活動有變更等時候寄信給我們的郵件鈴聲。即使手機處於震動模式，也會強制性發出聲響。由此可見其重要性之高。

「會是什麼事情呀？」

櫛田停下腳步並覺得奇怪，這也難怪。因為入學之後雖然有受到說明，但我們至今都沒收過半次重要郵件。沒想到第一次居然會是在暑假。

幾乎同時，船內也響起了廣播。

『在此通知各位學生。學校剛才向所有學生寄出了記載聯絡事項的郵件。請各自確認手機，並遵從其指示。另外，假如有沒收到郵件的情況，麻煩請向附近的教職員提出申請。由於內容非常重要，因此在確認上請不要有所遺漏。再重複一次——』

「……這是在講剛才收到的信……對吧？」

「大概吧。」

我們各自同時收到來自校方的通知。

我以遵循著廣播的形式，操作手機打開郵件。信裡寫著下述內容。

『特別考試即將開始。請學生在各自的指定房間，及指定時間裡集合。遲到十分鐘以上者將科處懲罰。請在今晚六點前集合至二樓二〇四號房。所需時間約為二十分鐘，請在使用完洗手間等，並將手機轉為振動模式或者關閉電源後再前來集合處。』

「特別考試嗎？」

這果然不是那種筆試或者測量體適能之類的呢。

我猜這會像是無人島野外求生那種一般學校應該不會舉行的考試。

除此之外，信上並沒有寫著任何顯示考試內容的文字。這是要我們從這封信裡領會出某些事嗎？抑或純粹是要我們做好心理準備呢？目前還不明朗。

比起這些，看了信之後，我有些在意的地方。集合時間是晚上六點。另外所需時間決定為二十分鐘左右，時間非常短暫而且不完善。地點指定則在船內感覺似乎是客房的地方。這又是為什麼呢？就算說得再恭維，我也不覺得這環境適合舉辦考試。

「可以讓我看一下嗎？」

我打聲招呼，請櫛田讓我看看她也收到的郵件。基本上文章內容完全相同，不過只有指定地點和時間和我完全不一樣。她的集合時間是晚上八點四十分，所需時間同樣約為二十分鐘。而地點也大概距離兩個房間。

「為什麼要用這種奇怪的方式把我們叫出去呢？」

「……我毫無頭緒呢。」

唯一確定的就是我沒有好的預感。

我原本就不覺得巡航旅行會就這樣結束，看來事情正是如此。

船裡感覺能集合一年級全體學生的地方……像是電影院或派對會場、自助餐餐廳等地方，我都事先走過了一趟。我想要是可以發現可疑動靜或者推測出考試內容就好。遺憾的是，當時我無法看出任何徵兆。

沒想到學校居然會隔離學生、限制條件，再宣告考試開始。

我透過手機對堀北傳出訊息，結果她很罕見地馬上就已讀。她大致上都是送出之後經過半天才看，嚴重時我的訊息也經常被放置許多天。這是因為她在同時間點收到來自學校的郵件嗎？我也依據這件事試著問了她。

『妳剛才有收到學校寄來的信件嗎？』

『收到了。』

『我被指定從晚上六點開始，妳呢？』

『我是晚上八點四十分開始。看來時間很不一樣呢。』

「八點四十分啊……」

她和櫛田的時段好像相同。也就是說，男生和女生被分成兩組了嗎？

現在我能想到的就只有這些。我又再次告訴她我的考試開始時間是晚上六點。

『我很在意時段不同呢。假如考試開始時間不同，那就會有先知道題目，與晚知道題目的人，似乎會產生不公平。』

『現在什麼都還說不準呢。』

我和她一來一往地聊著這樣的訊息內容。接著又馬上收到了來自堀北的訊息。

『我很在意各種事，但總之時間到了，也只能先去一趟了呢。你的時間好像比較早，再麻煩你報告情況。』

『我知道了。』

我簡短回覆，但她並無馬上已讀的跡象。看來好像是關機了。

「綾小路同學？」

櫛田好像很在意把注意力集中在聊天室的我，而在附近往我這裡窺伺情況。雖然我也想從櫛田那裡詢問學校集合結束之後的事，但想到這應該會造成她的困擾，於是就作罷了。我就暫時觀察情況吧。

之後再說應該也不遲。

收到學校召集信的我踏入了二樓。我在離指定時間還有約莫五分鐘時抵達了目的地。

平時照理不會有學生在的樓層，現在有好幾名學生正在閒晃。雖然我無法確認他們是誰，不過可以看見他們進了附近的房間。其人數不是只有一兩人。時而也會有學生前來這層樓層，經過我身旁，接著又消失在別的房間。

「是別班的學生嗎……」

一開始我本來也考慮要在入口前等待，不過房間裡也有可能已經開始在做什麼事情了。最重要的是，我覺得被其他學生看見自己的身影也很討厭，所以決定開始行動。我一敲門，馬上就得到了回應。

「進來。」

得到允許後，我就踏進了一間房間。在那裡，我看見身穿西裝，體格健壯的A班班導真嶋老師正坐在椅子上。他的視線落在小桌子上的資料。

而真嶋老師前方，則有兩名男學生坐在椅子上。

這兩個都是我認識的D班同學。

「剩下兩張椅子的其中一張是綾小路殿下的呀？咳波！」

發出奇妙狀聲詞的，是叫作外村的學生。他被男生稱作博士，並且受到景仰。他的身材以高一生來說有點太胖，然後戴著眼鏡，形象上屬於宅男風格的男生。不過他就如外表那樣，事實上就是個宅男。熟習於歷史和機械。雖然言行或講話語尾經常有我無法理解的部分，但他出乎意料地是個能夠和我進行溝通的人物。

「事情變得很奇怪呢，綾小路。」

坐在博士隔壁的也是我船上的其中一名室友——幸村。

博士與幸村。他們兩人的關聯平時並不深。然而，這到底是何種機緣呢？校方集合這些成員，究竟是要開始做什麼事情呢？

「你在做什麼？快點坐下。」

真嶋老師頭也沒抬，就指示我就坐。我不發一語地坐在幸村隔壁。

我在意的是，我的隔壁還備有一張空椅。

從狀況推測看來，這似乎將會由一名老師和四名學生來進行……但為何人數這麼少呢？只要再來一個人，就可以明白我們四個人之間看不見的共通點，或者是其中理由了嗎？

「還要等一個人過來，你們乖乖等著。」

從這氣氛看來事情無疑非同小可。這是新的暴風雨、考試序幕的預兆。

假如這是場考試說明，那麼內容不尋常一事，現在就已經很顯而易見了。考試通常為期公平性，一般都會全體同時受到說明。這點就算是桌上的筆試，或者無人島上的野外求生，也都是一

樣的。儘管如此，這空間卻是個封閉環境。聚集少數人的意義究竟為何？或者是我操心過頭，這只不過是個事前階段而已？

總之現在就算腦子想東想西，也不可能得出什麼答案。

即使坐在椅子上，我們也持續著沉重的沉默氣氛，我們三個和老師之間也不可能進行多餘的對話。雖然說距離預定時間還有些時間，但我真希望另一個人趕快過來。這裡也有每個房間都設有的音樂盒式座鐘。秒針滴答轉動的聲音，響遍這等同無聲的房間內。時間終於過了約定的六點。剛才動也不動的真嶋老師只看了時鐘一眼。而幾乎與此同時，有人敲了敲房門。老師和剛才我敲門時一樣說出一句「進來」。房門接著被慢慢地打開。

「打擾了——」

不久，輕井澤發出聽起來很拖泥帶水的聲音進了房裡。我猜測對方會是D班的某人，不過真沒想到會是輕井澤。正因為我以為會是某個男生，所以這完全是預料之外。

「咦？這是怎麼回事，為什麼幸村同學他們會在這裡？」

這個我才想問。我對這奇妙的組合也藏不住困惑。博士好像沒有想得太深，不過幸村看起來也很困惑。

「學校應該已經說過要嚴守時間，妳可是遲到了。趕快就坐。」

「是——」

輕井澤對我們的存在和真嶋老師說的話有些不服氣地回話，然後就走到了椅子前方。她瞥了我們這邊一眼，就拿起椅子稍微和我拉開距離，接著坐下。雖然是幾公分的距離，但即使是拉開一毫米的距離，我也會有點沮喪呢……

「你們是D班的外村、幸村、綾小路、輕井澤，對吧。那麼接下來我要進行特別考試的說明。」

我在郵件寄來的那個時間點就能推測到這點了……但這果然是場考試說明啊。

不過從這四對一的謎樣成員，及單人房的情況看來，我就只有種麻煩的預感。

「等、等一下啦。我搞不懂意思，考試說明是指什麼？考試不是已經結束了嗎？而且其他人呢？這樣好奇怪喔。」

輕井澤好像沒辦法安靜聽人說話，馬上就說出了疑問。

這傢伙有好好閱讀信裡的文章嗎？

「現階段我不接受任何提問。請安靜聽我說。」

真嶋老師不出所料對輕井澤投以傻眼的冰冷視線。

校方不會輕易為我們回答這種問題。

「唔哇，出現了。動不動就那樣。」

真嶋老師平常就經常被學生說很冷淡。這點即使是在這個考試說明的情況下也是一樣。茶柱

老師也是很冷淡、冷靜，而且不會關照學生的老師。而這名真嶋老師同樣也不是那種會特別關照A班學生的老師。只不過，他和茶柱老師決定性的差別，就是相較於看起來沒幹勁且不合作的茶柱老師，真嶋老師的情緒總是沒有起伏。這大概是因為他對誰都保持相同的一定距離吧。

「這次的特別考試上，學校將全體一年級學生比喻成干支並分成十二組。我們會在那些小組內舉行考試。考試目的是考驗Thinking能力。」

比喻成干支並分成十二組？意思是把D班分成三組，再把組別代入十二干支之中的任意三個嗎？

然後考驗的能力是「Thinking」。

換言之，就是思考能力、深思能力的意思。這是和這點有關的考試啊。

「什麼是Thinking？」

輕井澤才剛被要求安靜，卻又再次提問。

這應該已經是反射性提問了吧。

「我說過了吧？我不會接受提問。」

輕井澤再次受到真嶋老師的勸戒。再怎麼樣她似乎都感受到了情勢的重要程度。雖然明顯從表情中流露出不滿，但她還是閉上了嘴，表現出要聆聽說明的模樣。

幸村和博士也是如此，雖然不知道他們認真思考到何種程度，不過他們也靜靜聽著說明。

「社會人士會被要求的基本能力大略分成三種類。Action、Thinking、Teamwork。具備這些能力的人，才會得到成為優秀大人的資格。之前的無人島考試，內容比重是放在團隊合作。不過，這次是Thinking。這會是一場需要思考能力的考試。思考能力換言之就是分析現況，然後釐清課題的能力。把針對解決問題的過程弄清楚，再進行準備的能力。還有發揮創造力，創造出新價值的能力——你們今後將會變得很需要這些。」

這是個很周到的說明，但因為一口氣得到說明，他們三個的頭上好像都冒出了好幾個問號。這點我也一樣。我還有許多層面無法理解。

「因此這次的考試會分成十二組來進行考試。」

老師喘了口氣。接著，輕井澤期盼的這句話終於到來。

「到這邊有什麼問題嗎？」

「我完全不懂意思。再說得更好理解一點嘛。我知道分成了十二個組別，可是為什麼我會跟這些傢伙一起呀？平田同學呢？其他女生呢？而且我也不懂考試內容是什麼。告訴我嘛……不對，我是說請告訴我。」

輕井澤只硬在最後恭敬地重說，但總覺得這作為敬語完全不成立。

然而輕井澤的疑問也很合理。儘管老師說接受提問，但要在至今曖昧不清的說明之中問我們想要問的事情也很受限制。我們只能問集合起來的組員的共通點為何，或者其他人的狀況如何，還有為何人數明顯很少等問題。

假如是把班級分成三組，那應該就會把十二至十五人左右湊在一起做說明。可是學校卻沒有這麼進行。這純粹是房間大小的關係嗎？

不，這艘遊輪裡應該有好幾個可以集合中型規模人數的房間。

換句話說——應該有刻意分成少人數再召集的理由吧。

「首先，雖然這是當然的事情，但在場的四人會是同個小組。然後現在這個時間，其他房間也同樣正在對『將和你們同組』的組員進行說明。」

將和我們同組的組員？聽見這句話，我就可以理解一件事了。

在場只有四人，以及剩下的組員被分在好幾個房間裡正接受說明……也就是說，這場考試剩下將成為我們夥伴的學生們是……

「這樣的話聚集所有組員一口氣做說明，不是比較快也比較輕鬆嗎？還有，我跟這三人同組的理由是什麼？為什麼我就要跟這些噁心……跟男生們同組呢？該老實說我很不願意嗎？我比較想和平田同學同組呢。」

輕井澤任性地喋喋不休，一直忍耐著的幸村終於發火。

「妳要不要稍微安靜一點聽人說話啊？考試說不定已經開始了。要是說多餘的話而被扣分，妳能負起責任嗎？妳在無人島的時候也是這樣比別人都還更扯後腿。不要再給班上添麻煩了。」

「啥？你說我何時何地添過麻煩了？你真的很讓人火大耶。」

男女互相仇視的光景在之前的考試也經常看見。我和博士都沉默地等他們吵完。

「你們兩個都冷靜下來。首先，幸村你的擔憂是杞人憂天。現在考試還沒開始，所以不會有影響。況且，說起來這次考試並沒有預定會進行所謂態度上的記分。」

「看吧——這樣你就懂了吧？」

輕井澤彷彿就在說「怎麼樣？」而得意似的鄙視幸村。幸村則是看起來很不甘心地瞪著她。他應該是心想不可以大聲喧譁才忍下來的吧。

「不過，輕井澤。假如妳一直不改對老師的態度，說不定我們會將此作為調查紀錄來記下。若是那樣就會是件不太好的事情，這點事情妳應該懂吧？」

「唔——」

這次幸村無聲地嗤之以鼻並瞧不起輕井澤。真嶋老師好像對這國小學生們之間扭打般的爭吵感到頭痛，把手指輕輕抵著額頭。

「聽好。你們同組已經是確定事項，無法隨心所欲地改變。你們要是在這種時候失和，應該很難在考試中留下好結果吧。」

「真是的！這樣不就太糟糕了嗎！他們三個我都覺得很難相處！如果是平田同學就好了！」

「呵呵。俗話說三個臭皮匠勝過一個諸葛亮。只要我們三個聚集起來，說不定也能成為平田

殿下呢，壽司。」

「啥？噁心。你們就算聚集一兩百個也都無法成為平田同學的一根頭髮。」

我不介意她瞧不起我們，可是被她當面明講也是挺哀傷的。輕井澤除了聚在女生們身邊，其他時間一天到晚都緊黏著平田。我們確實無法勝任替代角色……

「唉……總之待會兒再告訴平田吧……」

輕井澤厭煩地嘆口氣，瞥了我們一眼就別開了視線。

她應該覺得光是理會我們都很麻煩吧。但這點幸村應該也一樣。

「你們差不多滿意了吧？我要繼續說明了。」

「是是是。分組的事情我已經了解了，可是為什麼接受這些說明的會是我們四個人呢？我覺得只要在小組集合時再進行說明就好。假如這是那種陰謀或者惹人厭的惡作劇，我真的希望你們不要這樣——」

輕井澤好像打算至少要挖苦人，而嘴快且不帶情感地滔滔不絕。

「看來妳好像非常介意少數人集合呢。那麼我就回答妳這問題吧。這不是陰謀論也不是惹人厭的惡作劇，是件很單純的事情。因為小組不是由一個班級構成，而是從各班集合大約三到五人所組成。事前沒進行說明的話，到時候很有可能招致混亂呢。」

這果然就是少數人被召集到房間的理由。

他們三個都還沒理解話裡的含意，短期間內像是在回想真嶋老師的話似的沉默不語。

當然，這對我來說也是無法馬上就能夠消化的事情。

房間裝設的時鐘，其秒針的聲響好像又開始變得大聲了。

「等、等一下。這什麼意思，我越來越搞不懂意思了耶。和別班組隊不是很亂來嗎？我們彼此之間不是敵人嗎？」

「是呀，老師。我們至今都是這樣和別班一路競爭而來。事到如今突然要別班組隊，我覺得很難以理解。」

輕井澤他們想說的我也不是不能理解，但規則是由校方決定的。

「至今一路競爭而來？你們的校園生活才剛開始。你在這個階段就慌亂的話，前途實在很令人擔憂啊，幸村。」

「唔……失、失禮了。」

「現在該想的不是去理解，而是去思考。你們被分發的組別是『卯』。這裡有小組的成員名單。離開房間時要請你們歸還這張紙，所以如果你們覺得有必要，就在這個地方先記下來。」

老師遞給我們明信片大小的紙張。上面寫著組別名稱以及共計十四人的名字。就如真嶋老師所言，除了我們四個之外，學生全部都是由A～C班構成。

雖然老師說是「卯」，但組別名稱上也有用括弧寫上擁有相同含意的「兔」。這裡使用方便

閱讀的方式分開使用應該比較好。

A班：竹本茂、町田浩二、森重卓郎。
B班：一之瀨帆波、濱口哲也、別府良太。
C班：伊吹澪、真鍋志保、藪菜菜美、山下沙希。
D班：綾小路清隆、輕井澤惠、外村秀雄、幸村輝彥。

當中也有我認識的學生姓名——B班的一之瀨，以及C班的伊吹。
看來這兩人好像跟我同組。
現階段我無法想像這會是場怎樣的考試。就像輕井澤和幸村所擔心的那樣，我們能夠在和別班組隊的情況下彼此競爭嗎？
我用斜眼窺視坐在隔壁的輕井澤，發現她散發出有些不知所措的氛圍。
和伊吹變成同一組也只能說是她命運坎坷。
「放心吧。現在開始我要說明你們覺得有疑問的地方。這樣你們大概就能理解了吧。」
聽見輕井澤至今的發言，老師會加上「大概」這字眼也是沒辦法的。真嶋老師說出這令人費解的編組理由。

「作為大前提，這次的考試上你們就先無視A班到D班的關係吧。我先說了，這麼做會是個通過考試的捷徑。」

「無視關係……這是什麼意思？」

「我求妳安靜聽話，輕井澤。不集中注意力，不就無法聽考試內容了嗎？」

「饒了我吧。」幸村對頻頻插嘴的輕井澤如此揚言。

「現在開始你們將不作為D班，而是作為兔組來行動。考試及格與否的結果，將會是每個小組個別設定。」

……雖然開始逐漸可以理解，但我還無法看見全貌。

「特別考試各組只存在四種結果。考試是設計為一定會變成四種結果中的某一種，不會有例外存在。為了讓你們容易理解，學校也準備了寫著結果的資料。不過，這份資料也是禁止攜出或者攝影。請你們在這個地方好好事先確認。」

學校為我們準備的四人份紙張邊緣彎曲，有點皺巴巴的。

這可能是因為在我們之前被叫來的學生們看過的關係吧。

紙上寫著的基本規則如下。

「夏季小組特別考試說明」

本考試是以分派到各組的「優待者」作為基準點的課題。用規定方法向學校答題，就一定會獲得四項結果的其中之一。

○學校會在考試開始當天早上八點同時寄出郵件通知學生。同時也會向被選為「優待者」的人傳達被選中的事實。

○考試日程為明天起至四天後的晚上九點（摻雜一天完全自由日）。

○組員們一天裡要在指定時間到指定房間集合兩次，並進行一小時的討論。

○討論內容全交由小組自主性決定。

○關於作答部分，在考試結束之後，學校只會在當天晚上九點三十到晚上十點為止的期間受理「優待者是誰」之答案。另外，一人最多答題一次。

○學校只接受學生使用自己的手機寄信到指定信箱之答題方式。

○「優待者」無權以郵件寄出答案。

○對自己隸屬的干支小組以外組別的作答，會全數視為無效。

○學校會在最後一天的晚上十一點，以郵件告知全體學生考試結果的詳細情況。

這些事情作為基本規則在紙上寫得很醒目。紙上也記載了更加細微的事項，像是關於規則說明或者禁止事項等。比無人島考試，這次有更多規定項目和詳細注意事項。

然後，接下來的內容就是那四項註定的「結果」。

〇結果一：除了小組內優待者及隸屬優待者班級的同學之外，假如所有人都答對答案，學校將會支付所有組員個人點數。（隸屬優待者班級的同學都會各自獲得相同點數）

〇結果二：除優待者及隸屬優待者班級的同學之外，假如所有組員之中有人沒作答或者答題不正確，學校將會支付優待者五十萬個人點數。

這規則感覺實在很非比尋常……重要的是目前我們還沒受到考試內容的說明，因此考試的結構還不是很明朗。博士和輕井澤覺得納悶，明顯地歪了歪好幾次頭。

真嶋老師見狀，就用不變的語氣開始進行補充說明：

「這場考試中有一個要點。只要理解就沒什麼了。這個要點就是『優待者』的存在。這名優待者的名字，也就是考試的答案。事情很簡單。好比說，幸村，假設你作為優待者被選上好了，那麼兔組的答案就會是『幸村』。之後就只需要將答案和所有組員共享。接著，考試在最後第三天晚上九點結束之後，學校只會在晚上九點半到十點期間受理作答，所以到時候所有組員只要寫上『幸村』再寄信給學校就好。這樣小組就會及格，並且確定最後是結果一。全體組員都會收到

五十萬點的報酬——考試構造就是這樣。作為引領組員至結果一的獎賞，學校甚至會向優待者加倍支付一百萬點數。」

「一、一百萬！好棒……」

「所有組員都能到五十萬點嗎……而且若是優待者的話就會加倍……」

無論哪個班級的誰都會想要這筆巨額報酬。優待者會得到那份雙倍報酬，因此優待者在整個年級裡，應該也會作為大財主而一口氣躍居首位吧。

「接著是結果二……這是被學校通知為優待者的學生不把這件事告訴任何人，或者是誘導大家選擇假的優待者，一直到考試結束時真面目都沒被識破的情況。就如字面上所寫的那樣，只有優待者才會被發放點數。其金額為五十萬點。」

這作為考試是成立的嗎？說誇張點的話，結果一和結果二並沒有那麼大的不同。如果要說為何，因為無論哪種優待者班級都會得到鉅款。除了不想給別班點數這理由之外，選擇結果二並沒有好處。

「這優待者的職責該說是令人羨慕嗎？這還真是狡猾耶！這種事情要是沒被選上還真是個損失！不管選哪個，都可以得到點數耶！而且其中一種還高達一百萬！」

輕井澤好像非常希望自己被選為優待者。

這是理所當然的反應呢。因為那是優待者，所以在一開始的時間點待遇就很特別。

不，優待者實在是太得利了。正因為很有利，所以才會叫「優待者」嗎？

不過結果有四種，而不是兩種。未揭曉的那兩個應該才有什麼機關。

「老師，第三和第四種結果是什麼？我們還不知道那些條件。」

「你們理解剛才我說明的兩項結果了嗎？因為假如不懂這些，就沒辦法往下進行。」

「嗯，沒問題……請您告訴我們。」

真嶋老師喘口氣，接著如此說道：

「關於其餘結果，它們寫在資料背面。不過，請你們等會兒再翻面。」

我們停下不禁想把資料翻過來的那雙手。

真嶋老師用銳利的眼神凝視著逐漸開始對規則有所把握的我們。他的模樣就像在訴說考試從這個階段就已經開始。

「啊——等一下，我跟不上。」

這是很簡單的說明，可是輕井澤話都只聽一半，因此無法理解。

她在考試上的成績本身並不像須藤或池他們那麼差。

「我再稍微更淺顯易懂地說明吧。妳玩過狼人遊戲嗎？」

「狼人遊戲？那流行過一陣子呢。有有有，我有玩過。那很有趣呢。」

雖然只有一點點，但我對初次聽聞的名稱藏不住困惑。

「欸，綾小路同學。你該不會不知道狼人遊戲吧？真是難以置信。」

就算妳這麼對我說，但這是我沒聽過的事所以也沒辦法。說起來既然它命名為「遊戲」，與其說是自己玩的東西，它應該會是多數人一起享受的吧。這和我扯不上關係呢……

輕井澤好像也察覺到這點，對我報以憐憫般的眼神。

「怎麼說呢？沒朋友還真是悲傷呀。」

輕井澤得意地雙手抱胸，趁機地開始進行狼人遊戲的說明。

「朋友們聚集起來，分成村民和野狼，然後存活下來的那方就獲勝——那就是這樣的遊戲。你懂嗎？」

不，我一點也不懂！

這樣就能了解的話我說不定就是神或佛了，又或者是這之上的存在。

看不下去的真嶋老師心情感覺有點沉重，而開始說明起詳情。總結起來是這樣的。

被稱作狼人遊戲的東西，原本是美國的遊戲廠商製作的派對遊戲。玩家人數原則上沒有限制，只要有最低人數，遊戲就會成立。遊戲裡會有與人數相應的「村民」、「狼」等職責，玩家可以扮演任意一種角色。此外好像也存在著各式各樣的職位，不過最重要的是「村民」或「狼」

存活。狼基本上會裝扮成人類，並偽裝成村民。遊戲裡存在兩段時間。白天裡，包含狼裝扮的村民在內，所有人都會進行對話，並處決大家覺得會是狼的嫌疑犯。到了夜晚，狼就可以捕食一名村民。遊戲會重複這過程，並且逐漸減少人數。最後達到能夠決勝負的人數時，就可以決定勝敗。簡單來說，那就是這樣的遊戲。

不過為何需要拿狼人遊戲來打比方呢？如果用目前給的規則來思考，那狼和人只要互相合作以結果一為目標就好。也就是說，這場可以理解成是人對抗狼的考試內容，應該還隱藏著些什麼吧。

「我剛才說明過小組裡只會存在一名優待者，不過馬上曝光優待者身分，就會出現新的第三、第四種結果。」

「那些結果……就寫在資料的背面嗎？我們可以翻面嗎？」

真嶋老師對輕井澤的詢問點頭表示允許。於是我們同時把資料翻過去。

那裡寫著的剩餘兩種結果是這樣子的。

只有以下兩項結果，在考試期間二十四小時都隨時受理作答。另外，考試結束後的三十分鐘期間也同樣受理作答。不過無論是在哪個時段，只要答錯都會受到懲處。

〇結果三：若優待者以外的人不等待考試結束就提前向學校說出答案，而且作答正確，作答學生隸屬的班級就會獲得五十點班級點數，同時學校將支付回答正確答案者五十萬個人點數。反之，被識破優待者身分的班級就會受到扣除五十點班級點數的懲罰。而小組考試在這個時間點就會結束。再者，與優待者同班的學生若作答正確，學校會把答案視為無效，並繼續進行考試。

〇結果四：若優待者以外的人不等待考試結束就提前向學校說出答案，而且作答錯誤，弄錯答案的學生隸屬的班級就會接受失去五十點班級點數的懲罰。優待者在獲得五十萬個人點數的同時，優待者隸屬班級也將獲得五十點班級點數。考試會在作答錯誤的時間點結束。再者，與優待者同班的同學如果作答錯誤，答案則會視為無效，不予以受理。

剩下兩項結果明朗了考試的全貌。

只有結果一和二的話，優待者要和全體組員共享答案，或是自己保持沉默都是自由的。即使弄錯答案大家也不會有懲罰。

但學校卻在這裡把「叛徒」加到規則上，考試內容便因此一口氣有了劇變。

要是粗心大意暴露自己就是優待者的話，馬上就會被叛徒獵食。既然考試中二十四小時都受理作答，那誰也不會憨直地以結果一作為目標，並等待考試結束。想必大家都會爭先恐後地為了點數而展開行動吧。

而優待者為了自己獲勝和陷害別班，可以想像優待者會計劃讓其他人裝成優待者。報酬金額雖然會減少，不過卻能給予別班懲罰。

「這次校方也有考量到關於匿名性的問題。考試結束時，學校只會公布各組結果，以及班級單位的點數增減。換句話說，我們不會公開優待者或作答者的姓名。另外，如果你們希望的話，暫時發放匯款的臨時ＩＤ，或是分期取款也都是可行的。只要本人保持沉默，考試之後也不會有被發現的疑慮。當然，假如你們沒有隱瞞的必要，要光明正大地領取點數也無妨。」

雖然這是個無微不至的照料，但無論如何，要在這場考試上找到優待者都可以說是極為困難。對方可能會為了獨得鉅款，連自己是「優待者」的事實都不告訴同班同學。也有可能會和自己共享答案，卻滿腹謊言。好比其實幸村是優待者，可是他卻誘導我去認為博士或輕井澤才是優待者，或是也可能讓我誤會別班學生才是。然後，考試難易度將會因為班級裡有無優待者而戲劇性地改變。也就是說，我們彼此之間將會發生殘酷的互相刺探、欺騙。

「第三、第四項結果和其他兩項不同，所以才會記載在背面。經過以上說明，這次的考試說明到此結束。」

「呃，呃……感覺好像似懂非懂耶。」

「呼呼，小生也有些混亂是也。」

「真是群沒有理解能力的傢伙。之後我會說明，別再給真嶋老師添麻煩了。」

幸村好像是想獲得內申成績（註：指日本升學選拔時，向志願學校提出的參考成績），而這麼叮囑了輕井澤他們。

這說明或許確實近似於狼人遊戲，可是也不能這樣一概斷言。狼占優勢是事實，但村民也被賦予射殺對象的生殺大權。而且要是處理有誤，村民之間甚至會發展成互相廝殺。

我試著在腦中重新細細咀嚼規則。

首先，除去一天休假的話，考試期間就是為期三天。與無人島考試相較之下期間很短暫。

校方以一定的人數分配全體一年級學生，同時組成干支數量的十二個組別。然後，各組雖然混雜著所有班級的學生，但彼此之間卻作為夥伴發揮作用。依據組別不同，人數會稍微不一樣，但大致上都是由十四個人左右組成。接著，各組之中都只存在一名學生，擁有叫作「優待者」的職責。那名優待者一開始就會被告知「自己就是優待者，以及自己就是答案」這件事。換句話說，就算優待者不參加考試，也註定會獲勝。

為此考試構造便是——剩下的學生要是找不出優待者就無法答對。

當然，縮小目標範圍之後再隨意亂猜也是可行，但是假如猜錯，壞處就會相當巨大。這點和上次在無人島上的懲罰程度同樣。

若將通過考試的具體方法簡潔地做整理的話——

・全體組員共享優待者身分，並且通過考試。
・最後某人答錯，優待者獲勝。
・叛徒發現優待者身分。
・叛徒誤判優待者身分。

——方法為這四項。不過問題是這邊開始四個結果的報酬全都不一樣。

要達到「全體組員共享優待者身分，並且通過考試」，作為大前提，我們必須等到考試結束的時刻，以及叛徒被允許作答的時間經過，之後所有人也必須回答正確答案才行。這是個優待者獲得一百萬，以及其他組員全都獲得五十萬點的破格報酬，可是它的難度極高。就算我們可以從小組內各班人數會有些許不同的這點找出優勢，但要是知道確切的答案，無論是誰都有很大的可能性背叛他人。大家都會想在遭受背叛前先行背叛，並且獲取報酬吧。因此，可以想像成立這項結果是很困難的。

接著「最後某人答錯，優待者獲勝」，則是在小組裡互相刺探優待者身分，卻沒成功猜對其真面目的情況。作為結果，這應該是相當有可能會發生的事情吧。許多學生都不喜歡背負風險，所以要是沒有把握，就不會成為叛徒。況且，所有組員要統合答案很困難，優待者要隱瞞其身分也很簡單。所以只要默不吭聲應該就不會被人知道真面目。再加上，優待者還會被支付五十萬個

人點數作為報酬。成為優待者這件事，無疑是張通向幸福的門票。只不過，這裡也存在看不見的缺點。在考試形式上，組內應該會進行許多討論或者互相刺探。優待者必須在那場合說出自己不是優待者的謊言。因為即使匿名性很完美，這也還是要端看個人的努力。根據情況不同，優待者也有被自己班級或者其他班級怨恨的可能性。

第三個則是「叛徒發現優待者身分」。這是個以某種方法得知「優待者」真面目的學生不等考試結束，或是在考試結束到晚上九點半期間寄信給校方，而且答題正確的方法。這結果的厲害之處，就是在於考試開始不久就可以馬上結束考試，而且叛徒可以得到決定班級優劣的五十點班級點數。再加上，自己還會獲得五十萬點個人點數作為個人報酬。換言之，欺騙其他班級，可以對自己的夥伴們有所貢獻。這應該是誰都覺得理想的其中一種結果。

最後是「叛徒誤判優待者身分」這個缺點最大的結果。

假設誤判優待者，答題者班級最後就會受到扣除五十點的懲罰，而且學校還會給優待者班級班級點數與個人點數。這是個最讓人想避免的結果。

老師說這場考試是在考驗Thinking……也就是思考能力，而實際上就是如此。這場考試也蘊藏著與無人島時無法相提並論的危險性。有十二組也就代表著有十二次結果。依據這次考試的結果，最壞的情況是有可能產生無可挽回的巨大點數差距。反之，我們也有可能一舉逆轉A班與D班的順位……雖然當然不會這麼快就變成這樣，不過光是有這種可能性就很厲害了。

正因如此，學校制定的規則也比無人島考試更加嚴格。

「禁止事項之類的事，應該都寫得很詳盡吧。請各位確實過目。」

禁止事項裡寫著——做出像是偷竊別人手機，或者威脅等恐嚇行為來確認關於優待者的消息，或是做出擅自使用他人手機寄出答案等行為，就會有「退學」這個最大懲罰等著我們。這是在上回無人島考試也沒有的規定。

而且，學校還明確說出如果發現可疑行徑將會進行徹底調查，因此再怎麼樣應該也不會有人違反規則吧。當然，校方也明確表示，謊稱自己受威脅同樣也有可能遭到退學。把這視為校方會在幕後監視一切資訊會比較好吧。

其他還寫有——最後考試結束之後要立刻解散，並且在一定時間內禁止和別班學生之間交談。這也是假如違反就會退學的重罪。

似乎是因為這很類似無人島考試的禁止事項，我毫不費力就記下內容了。

「你們從明天開始，下午一點、晚上八點都要去學校指定的房間。當天房間前面會各自掛著寫有小組名稱的牌子。請你們初次見面時，務必在房間裡進行自我介紹。進房間之後，基本上不允許考試時間內離開房間。請你們上完洗手間再過去。萬一無法忍耐或身體不適，請立刻聯絡班導，提出申請。」

「不可以出房間，那我們要在那裡待到什麼時候才行呀？」

「說明上有寫吧。每次一小時。除了初次的自我介紹，剩餘的時間你們隨意使用都好。要是一小時經過，要繼續留在房間談話，還是離開房間，都是自由的。」

也就是說，行動或談話內容全都交給學生嗎？

「雖然很麻煩，但總覺得理解了。哎——如果這是更開心一點的考試就好了呢。」

「還有校方為期公平性，小組裡的優待者將會嚴正地進行調整。不論被選為優待者，或是沒被選上，我們都一概不受理變更的要求。另外，禁止一切複製、轉寄、變更學校寄來的郵件等行為。請你們好好理解這點。」

這在禁止事項中也寫得很詳盡。主要就是不允許學生把學校寄來的郵件隨意竄改，並且濫用於欺騙他人。反過來說，這封信就會是百分之百的事實證明。只要在共享消息時給同學看，就可以獲得對方完全的信任。

「…………」

「喂，綾小路。你一直沉默不語，你確實理解內容了嗎？」

左側的幸村對我做出像是擔心又像是憤怒的含糊發言。

「算是隱約了解吧……我不懂的地方之後你再教我吧。」

「真是的，為什麼我的小組裡盡是這種廢物啊……」

老師下令解散，同時命令我們離開房間。隔壁傳來帶有厭惡感的那種氛圍刺痛著我的心，但

是我裝作沒發現。

「這並非我的本意，不過既然我們同組，首先加強團結力量就是不可或缺的事情。雖然這要看明天優待者揭曉而定，但我們四個接下來再稍微商量——」

幸村走出走廊，就提議要進行不含老師在內的討論。輕井澤把這種著眼於未來的發言當作耳邊風。她拿起手機背對著我們邁步而出。

「喂、喂喂，輕井澤，妳有聽見我說的話嗎！」

她完全不把幸村放在心上，並且開始通話。不知道該說她是鋼鐵精神，還是說她毫不介意。

「啊，喂？平田同學？我有點事希望你聽我說——」

她大概打算和平田訴說自己心中的不平不滿吧。她輕快地走著，接著消失蹤影。

「真是的，為什麼我的小組裡盡是這種廢物啊……」

「這句台詞，剛才你也一字不差地說過了喔！唔呵！」

快樂的巡航之旅迎向結束。第二回合考試似乎即將開始。

儘管這是我已經預料到的事情，但我對這緊急事態也藏不住嘆息，決定就這樣回去自己的房間。

「事情變麻煩了是也。沒想到在下居然會跟那種婊子分配到一組。」

不見輕井澤身影，博士就口出惡言。他平時就會說自己想去二次元的世界，或者老婆就是要二次元的才完美之類的話。也不是不能理解他會對身為現實女高中生的輕井澤產生排拒反應。

「以我的立場來說，老實說也覺得很討厭呢。再怎麼想她都會扯後腿。」

「對呀。她是個讓人難以原諒的婊子，是個婊子中的婊子是也。」

博士好像同意幸村的發言而表示嗤之以鼻，然後一面撫摸凸出來的肚子，一面這麼說道：

「說不定早上我們之中的某人會收到被選作優待者的通知。無論是寄給我們之中的誰，也別貿然告訴彼此。我們無法知道會在哪裡被誰給聽見。我們到確定安全的地方再互相報告吧。」

我贊成這個提案。就算船內很寬廣，但即使在意想不到的地方隔牆有耳，這也是可以想像的。

「雖然輕井澤不在，但是為了明天的考試我還是想討論。我想就算只有我們三個討論也是有意義的。再陪我一下吧。」

「很抱歉，在下無法回應這份期待。在下接下來必須去看Love Love Alive的動畫，所以就抱歉了。那麼就在此告辭。隱身！」

博士沒有像是忍者般的消失……而是慢吞吞地走著路，然後也離開了。幸村看著剩下的我，就放棄似的嘆氣，並且左右搖頭。他似乎沒有要找我。

那麼，討論好像就沒有要進行了。我也先去向堀北報告吧。我想事先知道她是否會被告知和兔組一樣的內容。我把詳情用聊天室發給她。

之後就等待堀北的報告，再擬訂作戰吧。

4

我回到房間睡了一下懶覺。我在朦朧之中聽見聲響，於是就從我橫躺著的那張床上起身。沒看見和我同寢的幸村和高圓寺。

在我身旁整理行李的平田有點抱歉似的抬起臉。

「抱歉，吵醒你了嗎？」

他好像正準備出房間，而身穿制服。

「我並沒有睡得很熟，別介意。我喉嚨也渴了所以剛好。」

雖然我沒說出口，但我先解除了即將響起的鬧鈴。因為不管怎麼樣，我本來就打算去看堀北的情況，所以這沒問題。

「我們一起出去吧？今天收到學校寄來的信，我想時間就快要到了。」

現在時間快要到晚上八點半。不知是偶然還是必然，這和堀北被叫去集合的時間相同。

我沒什麼理由拒絕，於是就這樣穿著運動服允諾，接著兩人一起出去走廊。

「奇怪的考試似乎要開始了呢。雖然我有種果不其然的感覺。」

他是從先接受說明的學生那裡聽到消息了嗎？他好像已經理解了考試內容。

「是幸村同學喲。剛才吃飯的時候他告訴我了。他也說了兔組的事情。另外大家似乎都會接連受到考試說明，已經有好幾個人來找我商量過了。」

幸村應該不太喜歡平田，他應該是為了盡量提昇勝率吧。假如預先連考試內容都理解，那接受說明時也比較容易得到啟發。幸村聽了平田的話，說不定也會察覺到一些事情。

這是理所當然的事情，但意外地是個很困難的行動。

我真想效法他那種坦率地和比自己更優秀且有人望的對象尋求幫助的態度。

「綾小路同學，你自己有沒有察覺到什麼事情呢？可以的話，希望你可以告訴我。」

「不知道耶，我不像堀北或你，以及幸村那樣想東想西地在應考，而且因為我的腦筋也並不是很好呢……我沒特別察覺到什麼。」

我歪頭回答自己沒有想到什麼，而平田也就沒再問下去了。

「我在意的事情……應該就是為什麼會分散進行說明。我想為了避免混合小組所造成的混亂或糾紛是理由之一，但是如果考慮到效率，那麼進行大略說明之後再各別宣布組別，我認為才比較不費事。」

「經你這麼一說，我確實也這麼認為。同時和全體學生說明概要，之後再馬上通知分組結果，效率好像會比較好呢。」

平田的疑問是正確的。校方明顯採取了效率差的方法。若非心血來潮或突發奇想，或許試著思考學校各別分開召集的理由會比較好。

校方從說明階段起就在考驗著「Thinking」也是相當有可能的。

「我打算根據這點，之後再問問看老師。」

齒輪究竟會不會順利咬合呢？我完全無法想像平時為了D班奔走的平田會如何思考讓我們與別班組隊的這條規則，以及他將會如何展開行動。

5

由於說明會設置的場所，就在我們自己房間下方的二樓，因此我們沒有使用電梯，而是從樓梯走了下來。相較於剛才我自己下來時，現在可以看見相當多的學生。其中有學生靠在牆上，也有學生邊滑手機邊坐著。而且也有人看起來不讓人覺得接下來就要接受考試說明。

「看來……好像不是所有人都跟我同組呢。」

光是大略一看也有將近十人。假如考慮到時間，八點四十分的小組有幾成學生已經進了房間似乎也不奇怪。也就是說，這些人是有什麼其他目的嗎？是在確認誰隸屬哪個小組之類的嗎？不過，他們也沒必要花這種時間和精力。只要之後和同學交換意見，馬上就會得到所有組別的詳細資訊。

他們望向錯身而過的我們，接著就馬上操作起手機，好像在輸入著些什麼。哀傷的是，我幾乎沒有關於別班學生的資訊。我幾乎不認識在這裡碰見的人。而且因為從來不曾打算去記住他們，所以我就連他們是什麼班級的也不曉得。

「剛才擦身而過的那位是？」

「他是A班的森宮同學，另外在電梯附近的是C班的時任同學。」

我只能說，他真不愧是個人面廣的男人。他確實記下了別班學生的長相和名字。

傍晚我下來的時候人數十分零星。

還是說，這些傢伙就像是在等待預約人氣店家一樣，不一早就開始等待心裡就不舒暢呢？我心想若是這樣那就輕鬆了，並且同時邁出步伐。

我和平田一起來到目的地，然後就發現數名男女正聚集在房門附近。當中也有收到和平田集合時間相同的通知，而且看起來很眼熟的同班同學。也因為距離集合時間還剩下一些時間，於是我們就沒有大聲喧譁，靜靜地靠近了那一群人。

「如果我沒誤會的話，妳是八點四十分的組別嗎？」

我們最先聽見的是有些低沉的嗓音。這是A班學生葛城的聲音。他擁有令人無法想像是高一生的沉穩性格，是個很冷靜的人物，而且體格也很好。初次碰見他的人說不定還會把他誤認為大學生。他的能力很強，即使在最優秀的A班之中，也有許多把他當作領袖仰慕的人。

「假如是這樣……這跟你又有什麼關係呢？」

面對這樣的人物，擁有一頭黑長髮的少女毫不畏懼地如此答道。

「果然啊。我才想著要再次和妳說話，這真是好消息。我也是八點四十分那組。明天開始我們就會作為同組彼此協助了。」

葛城看著的那名少女——其真面目就是堀北鈴音。

看來平田不僅和堀北，好像也確定和葛城同組。

「想和我說話？真可笑。上次見面時，你好像沒把我放在眼裡呢。」

堀北和葛城在無人島考試中曾經對峙過一次。不過當時葛城不對堀北表示興趣，甚至沒打算好好和她說話。但這現在卻為之一變，變成葛城來向她攀談了嗎？

集合的成員，有三名感覺應該是和葛城同樣都是A班的男女，以及稍微保持距離一面傾聽他們說話，隸屬B或C班其中一班的兩名女生。

「老實說我至今確實都沒把D班的存在放在眼裡。不過只要看見上次考試的驚奇結果，我也就無法不去注意了吧。最重要的是，要是知道布局取勝的人就是妳，那就更是如此了。」

這搶眼的程度應該是第一學期結束為止她本人也沒想像過的。就葛城角度看來，他應該會覺得洞窟前的接觸也是堀北戰略的一環吧。

堀北在D班大幅提昇了身價，這幾天仰慕堀北的女生也增加了。雖然遺憾的是，堀北這方好像把友情旗全都用力折斷了。不過像至今那樣傷到對方，或是惹怒對方的事也減少了。

其理由似乎是因為同學把這誤會成——堀北雖然任性，卻有在替班上著想。這麼一來，堀北的拒絕也會轉變成完全不同的語感。即使遭受堀北拒絕，對方也很難生氣。不如說，甚至還會變成讓人覺得她有點可愛的那種發展。

反之，從別班立場看來，堀北就不光只是成績好的優等生而已，他們還會把堀北當成反將對手一軍並且留下成果的學生來視作危險，還會把她變成該去戒備的存在。

「雖然不知道會是在未來的什麼時候……但假設D班升上C班，想必A班將會毫不留情地擊敗你們吧。」

「真是自顧自的說法呢。以A班看來，這也沒什麼吧？因為A以下的班級在點數上正大幅地被拉開差距呢。」

「的確。不過你們無疑成為了要去戒備的對象。要從已經定出一次優劣的位置關係中逆轉並不容易。假如情勢會發展到班級交替的程度，那我們就不得不戒備了。這點B班或C班也都一樣吧。」

他就像是在說自己會瞄準D班攻擊。這當成是威脅也沒辦法。葛城的跟班就像在表示贊同，威嚇似的瞪著堀北。假如她是普通女孩子，這狀況即使哭出來也是沒辦法的。不過，堀北絲毫沒被鎮住。

接著，某個人的存在改變了這讓人覺得堀北似乎很孤立無援的情況。

旁觀女生的表情豁然開朗。一名男子無聲地經過我們身旁。

「連別班的意向都擅自斷言，這不是件值得稱讚的事情呢。」

是B班一名叫作神崎的學生。儘管以男學生來說，他的頭髮有點長，不過他的形象一點也不輕浮。他有著正直的長相以及性格。我自己對神崎的了解並沒有很詳細，不過感覺B班領袖一之瀨也很信任神崎。神崎在暑假之前曾經和堀北扯上一次關係。他因此察覺堀北的腦筋轉得很快。

神崎為了袒護堀北，而勸戒了葛城。

「妳不必勉強理會葛城。畢竟現在是這種情況。」

這名優秀的男人對平時並沒有特別要好的堀北紳士地說出了救助的發言。

「你不需要擔心。但要是你可以抹除D班被瞧不起的這件事，那我倒是很歡迎。」

「原來如此。對隸屬D班的妳來說，好像無法接受被人無禮地對待呢。我的班上的確有不少瞧不起D班的人。不過，因為無人島的那件事，那種看法毫無疑問地稍微被改變了。」

雖然葛城做出認同D班、認同堀北的發言，但還是做出迅速拂去灰塵的動作。

「然而，我希望妳別只因為一次偶然的成功，就認為我們已經地位相當。」

「……這是什麼意思？」

「無論是誰，都會有一次自己很滿意的成績。妳最好不要因為自己的戰略偶然成功一次就得意忘形。我希望妳別忘記現在班級點數的差距還是很明顯的這件事。」

就算在考試上留下結果，也並不能夠就這麼縮短差距。

葛城把極為理所當然的事情再次說出口。堀北當然也很清楚這點吧。

重要的是既然這不是自己的功績，現階段堀北應該完全沒有喜悅或者歡欣鼓舞的這種情緒。她為了不讓我的存在被發現，而硬是表現得態度高傲。

當然，這應該正是因為她覺得這對自己有利吧。

「我們才入學沒多久。我不覺得我和你有這麼大的差距。這只是校方擅自評斷並且分班而已。你別忘了這點。」

看見堀北這威風凜凜的舉止，神崎應該會覺得剛才自己多嘴了吧。

「平田，你或許被捲入很不得了的組別了耶。」

「是呀。如果和葛城同學或者神崎同學同組，我想一場苦戰一定會到來。」

「不，不只是這樣。」

「咦？」

我望向從身後感受到的動靜，如此小聲嘟噥道。那傢伙就像在強烈主張自己的氣場，而用力踏著地板，走過神崎剛才經過的地方，前往堀北他們身邊。

「呵呵。真是聚集了相當多個小嘍囉耶。也讓我見習嘛。」

「……是龍園嗎？」

葛城的語調冷靜，但表情變得有點嚴厲。神崎也繃緊了表情。

「你也是在這個時間被召集的嗎？還是說，你只是偶然走到這裡的呢？」

「遺憾的是，我好像跟你們時間相同呢。」

龍園在身後率領了三名學生走過來。

這副模樣酷似葛城，不過情況卻完全不同。

儘管是小規模，但他們就像是國王和家臣。家臣的表情非常畏懼，並表現出安靜、順從的動作。

「你們接下來要表演餘興節目給我看嗎？以美女與野獸為題，怎麼樣？」

龍園交替看著堀北和葛城，接著小聲咯咯笑。面對挑釁，葛城再度冷靜地反擊。

「我明白了一件事情。我以為這組都是集中了學力很高的學生，但只要看見你和你同學，我就知道或許不是這樣呢。」

「學力？真無聊。那種東西沒有任何價值。」

「這真是令人遺憾的發言。學業優秀與否，可是左右將來最重要的要素。你應該知道大家都說日本是個學歷社會吧？」

葛城面對這種鬧著玩的態度拋出了正論。然而，龍園也不可能會輕易認可。

這笨蛋說了這種話，你們怎麼看？──龍園傻眼地用肢體動作如此傳達跟班。部下們機械般的表示贊同。

「我不打算原諒你的蠻橫。」

「啊？蠻橫？你到底是在指什麼啊？我沒印象耶。具體地告訴我嘛。」

「……算了。既然這次我們同組，應該也有時間慢慢說。」

他們沒等考試開始，就即將展開龍虎對決。

「咦？平田同學？而且就連綾小路同學都在。你們一群人聚在一起，是怎麼了嗎？」

當我保持距離傾聽大人物們的對話時，櫛田露出好像覺得很不可思議的表情走了過來。考試內容還沒在D班裡散播開來吧。這部分的傳達速度好像比其他班級還遜色了一兩步。

「難道說，櫛田同學妳也是八點四十分的小組？」

「嗯？小組？我不太懂耶。信上寫說要在這個時間過來……是說，總覺得這裡好像聚集了很厲害的人們耶。」

櫛田一面感到驚愕，一面對集合起的人們表示敬意。

「沒問題嗎，平田？我想這會變成一場相當嚴酷的戰鬥喔。」

「我不介意這件事情喲。無論他們是怎樣的人，我只要做自己能力所及的事情就好。」

平田抱著徹底的正面態度如此回答。櫛田雖然不了解情況，但這傢伙的腦筋很好。她看見我們進行的片段對話以及集合的成員，就隱約推測到了情勢。她好像也從我在很早的時間就被集合的事，感受到我們都已經理解了情況。

「呃──換句話說，就是接下來會開始發生各種辛苦事的感覺？」

「粗略說的話，是這樣沒錯。妳最好先做好心理準備喔。」

「啊哈哈，沒問題喲。雖然這是平田同學說過的話，不過我也是只要去做自己能力所及的事情就好了呢。嗯──我也沒怎麼跟葛城同學或龍園同學說過話。真想要像平常那樣，並和他們變得要好呢。」

櫛田對於即將造訪的考試沒有訴說出緊張或厭煩、喜悅或痛苦等情緒，而是如此答道。

「你如果想繼續這無趣的話題，那就容我先失陪了。時間差不多了。」

堀北對龍園他們丟出一句冷淡的話，就把頭髮向後撥，轉身離去。

我想誇讚堀北的最大部分，就是她不會作賤自己。精神層面脆弱的人，假如被對方當作礙事的人，或是假如遭受孤立的話，無論如何，想乞求對方原諒或者低頭請對方讓自己加入的傾向都會很強烈。而如果這是當場組成的小組，那就更是如此了。

不過，堀北一如往常，一點也不焦躁、不為所動地待在那兒。

「看來我好像也不用擔心呢。」

當然，雖然不知道她能和那些對手交戰到什麼地步，但是即使如此，她應該也不至於會受挫吧。我如此直覺。

「那麼你就加油吧。」

我對接下來要和那些傢伙互相競爭的平田留下同情的話，就決定離開。

高度育成高級中學學生基本資料　　時間7/1

姓名	葛城康平　Katsuragi Kouhei
班級	一年A班
學號	S01T004706
社團	無
生日	8月29日

評　價

學力	A
智力	A
判斷力	B
體育能力	C
團隊合作能力	B－

面試官的評語

這名學生國小、國中總是維持頂尖成績，多年以來作為學生會一分子統籌學生的實績也受到很高的評價。我們期待他將來可以成為本校的學生會幹部。因此決定將他分發至A班。

導師紀錄

他是班級的核心人物，擁有非常冷靜的判斷及謹慎的性格。沒有可稱為缺點的缺點。希望他可以在與A班學生相稱的行為上繼續努力。

千差萬別的想法

早餐時間。我避開學生之間的人氣自助餐，朝著船上甲板走去。位在那裡的咖啡廳「Blue Ocean」早晨幾乎沒有學生的蹤影。我在那間咖啡廳裡陰影遮住而且沒有人煙的深處桌位坐著等人。現在時間是早上七點五十五分。

到約定時間大約一分鐘之前，那名人物就一如既往地擺出那張看不出情緒的撲克臉出現蹤影。

「你還真早呢。」

D班同學堀北鈴音。她在班上坐我隔壁，是我學校裡為數不多的其中一個朋友。然後，還是個稍微知道我背後隱情，而且非常有才幹且棘手的存在。

「我可是等了一個小時。」

我試著開玩笑捉弄她。

「現在還是約定時間前，所以沒問題吧。就算你想提前十個小時等，也都不關我的事。」

嗯，我不該試著開玩笑呢，這只會讓自己變得很空虛。

「……妳什麼也沒委託我做，這樣好嗎？」

「嗯，現在沒有必要。比起這個，我們來繼續昨天的話題吧。」

堀北不喜歡在聊天室裡對話。昨天收到我傳去的資訊後，她沒有和我報告自己的情況。她唯一傳來的通知，就只有在這裡會合。

如果這是個為了叫出我的策略，那還真是相當了不起。

「所以說，被學校召集以及其中詳情，兩組都是一樣的嗎？」

「和你所說的完全相同呢。十二個組別、四項結果。還有早上八點似乎會寄信宣布優待者的事情。若要舉出不同，大概就是負責說明的老師不一樣吧。」

「妳的小組組員人數是？」

雖然昨天我有在某程度上看見的她的組員，但我沒有硬說自己了解。

「你要是看了會很驚訝。因為這極端到讓人不覺得是偶然。」

堀北這麼一說，就有點憂鬱地遞來一張紙。看來她確實記下了別班的成員，然後自己做了筆記。我收下紙張，過目組員清單。組名是辰，換句話說就是龍。我看了上面記載的每個人，就懂意思了。

A班：葛城康平、西川亮子、的場信二、矢野小春。

B班：安藤紗代、神崎隆二、津邊仁美。

C班：小田拓海、鈴木英俊、園田正志、龍園翔。

D班：櫛田桔梗、平田洋介、堀北鈴音。

首先，從D班選出的果然就是平田和櫛田。他們是代表班級的兩名資優生。假如除去太過高傲的這點，堀北毫無疑問也是與這兩人並駕齊驅的卓越人才。老實說，這應該是目前D班可以使出的最強牌組吧。雖然我以為應該會再多加入一名組員，但好像並沒有這樣。光就潛能來說，高圓寺擁有壓倒性的實力，可是他就算加入這組應該也無法成為戰力吧。

我不知道那傢伙在哪一組，也不知道他有沒有在指定時間前往房間。

「原來如此……把這個編組視為必然好像會比較好。」

就算只限於我認識的名字，A班也有葛城，而B班選出的是神崎，C班則是龍園。各自代表班級的學生姓名，都參與了這個小組。

這就像是足球聯賽預賽裡面的死亡之組。

「不過也有一些不自然的地方耶。」

我並沒有認識很多學生，但B班的一之瀨不在龍組而是在兔組，讓我感到有些不自然。

「你是指你小組裡一之瀨同學的事情吧。不過，真正知道她有多優秀的應該也只有B班吧。

領袖資質和優秀程度是不成比例的。」

「妳是在說妳自己嗎？」

我被她銳利地瞪了一眼，於是就別開視線逃避。不過堀北說的話也有一番道理。

我們並不了解一之瀨的能力細節。

例如，她的學力意料之外地弱——這也有可能呢。

「從這裡推測，應該就要把十二個小組視為是有某種程度的規律嗎？綾小路同學和輕井澤同學的成績相似……像是按成績順序來分組之類的……啊，不過幸村同學在學力上，與高圓寺並列頂尖呢……」

堀北一邊回想期中、期末考的成績，一邊開始推理。

「我和博士，還有妳和平田之間都多少有差距吧。這無法消除不自然之處。」

如果學校純粹只用成績分組，照理高圓寺會來到最上面。當然分組關係著成績大概是事實，但我們應該把它看成是牽扯著某些附加要素吧。可以的話，我真希望可以看其他組別的清單，事先知道規律性。

「不管怎樣，要統率這個小組並搶先取勝都會很辛苦呢。」

組內若聚集了這麼多能力廣受好評的人，對穩健派的堀北他們來說，不能說是很有利。尤其她和龍園水火不容，我可不希望他們互相碰撞……

可是就算我把這點告訴堀北，她應該也不會接受，所以我保持沉默。反之，我覺得堀北和葛城那種容易了解的性格，應該會有場很好的對決。

他們之間純粹是腦筋贏對方就獲勝的單純關係。

「差不多到指定時間了呢。信真的會寄來嗎？」

時間一迎接早上八點，我們的手機連一秒的誤差都沒有就響了起來。我們隨即確認寄來的郵件。我們兩個幾乎同時讀完內容。堀北接著毫不猶豫地橫放手機，將液晶畫面朝向我這裡。我也把手機面向堀北，兩人一面互相比較畫面，一面確認詳細內容。

『經過嚴正的調整，結果妳並沒有被選為優待者。請妳以小組一員的自覺來行動並且挑戰考試。考試將於今天下午一點開始。本考試將從今天起舉行三天。龍組的學生請至二樓的龍房間集合。』

我和堀北的信件文章「幾乎相同」。

不同組別當然就會有一部分不相同，不過剩下的文章都列著相同內容。

「文章一樣。總之，假如被選上優待者，文章上就會是『你被選中』吧。」

我邊收起手機，邊端正坐姿。

「看來我們兩個都沒被選為優待者呢。不知該高興還是該悲傷。」

「是啊，畢竟若是優待者，根據其做法，做出的所有選擇都會被原諒。」

優待者無疑是壓倒性地占優勢。

只要貫徹撲克臉就能得到獲得五十萬點的權利。

「話說回來，這真是篇讓人不高興的文章呢。這種說法彷彿是在說我沒資格當優待者。」

儘管隸屬死亡之組，她也認為自己是最優秀的嗎？真不愧是堀北啊。

「這場考試……有沒有被選作優待者，將會有很大的差別。優待者之外的學生，全都不得不為了找出優待者而奔波。而且，校方說不會有缺點，但那是騙人的。優待者如果不在自己的班級，就會有很大的可能性和其他班級擴大差距。」

正是如此。D班什麼都辦不到的話，雖然也不會遭到扣分，可是作為結果，班級點數上就會產生很大差距。根據情況不同，我們在無人島上縮短的差距很有可能又會再次擴大。

「我們應該視領袖水準的傢伙們都已經構想了數個戰略。如果不事先在早期階段就定好要如何在這場考試上奔走，那情況可會變得無可挽救。」

「我知道。」

堀北彷彿在表示「這不用你來說」，用有點焦躁的眼神看著我。

我也打定了如何戰鬥的方針。

只要思考自己的小組成員，以及考試構造，自然而然就會看得見終點。

「……你看得見這場考試的結果嗎？」

堀北觀察著我的表情，有點客氣地如此詢問。

「連名字都不知道的學生會採取怎樣的行動，這如果不直接見面，也會有看不見的地方呢。不過，我認為自己已經想到通往勝利的方法了。」

只不過，這當然不是能夠胡亂實行的作戰。

我必須斟酌到達目的為止的各項累積，還有開始著手的時機。

「我會期待結果的。」

「我也是。我會期待妳把考試引領到怎樣的結果。」

話說回來，這還真是讓人感到奇怪異樣感的文章耶。「嚴正的調整」嗎？

這獨特的文章應該不是偶然的結果吧。真嶋老師也說過同樣的話。

換言之，優待者是經過調整才選出來的。也就是說被選上和沒被選上者之間擁有確實的不同。

我隱約有點在意「調整」這個措辭。但現在知道的事情，就是每組會各有一人，換句話說，就是絕對存在十二名優待者。

「作為參考我想問一下，你現在最戒備的人是誰？在至今為止的發展裡，我想各班的主力大致上都已經弄清楚了。所以就告訴我吧。」

堀北的注意力似乎被吸引到與這場考試的本質有些不一樣的地方去了。她被分配到最嚴苛的

「但在這之前，妳就告訴我吧。妳是怎麼在無人島考試上留下那種結果的？」

「不管你問什麼，我都不會告訴你任何事。」

堀北面對擾亂人的話語也以冷靜模樣應付對方，完全沒有動搖。在她的動作中，完全感受不到半點虛假的部分。真是了不起的演技。雖然她本人應該不覺得自己是在演戲吧。然而，就算面對這天衣無縫的應對，龍園看起來也沒有接受。

「總覺得有哪裡不太對耶。從這傢伙的報告看來，妳在無人島上並沒有跡象會去做出足以留下那種結果的舉動。」

「我沒有蠢到會被她看穿。她也只不過是讓發燒的我陷入苦戰而已。」

伊吹對這露骨的挑釁藏不住焦躁，而逼近了堀北。

「既然如此，我們現在就在這裡再次交手吧。」

冷靜的堀北對被粗劣挑釁刺激而來的伊吹予以追擊。

「很不巧，但我拒絕。如果要問為什麼，因為暴力行為違反考試規則。如果妳要打過來，那我就會不客氣地告訴校方。即使如此妳也無所謂的話，那就請便吧。」

「唔！」

伊吹用向前揪住堀北的氣勢，更加縮短了與堀北之間的距離，不過她在眼看就快要抓到之前作罷了。

要是在這裡貿然作出暴行，就無法避免受到學校的制裁。

最重要的是，位居其下的伊吹在龍園面前無權任意行動。

伊吹就算討厭龍園，也非常器重他的才能。正因如此，她上次當間諜潛進來時，才會遵從龍園的判斷並且發起行動吧。

「難得有這個機會，我就點杯咖啡吧。若是現在的話，喝起來似乎會很美味。」

堀北似乎罕見地心情不錯，而向店員點了一杯早晨咖啡。她也順便幫我點了一杯一樣的咖啡。

龍園他們好像沒有要離開的樣子，似乎還想繼續話題。

龍園沉默地觀察著堀北。等咖啡送來之後，他便再次開口：

「看昨天的情況，葛城好像相當戒備妳耶。」

「這也沒辦法呢。因為他沒想到D班的我會擁有這般實力。這點你和伊吹同學也一樣吧？正因為你戒備我，才會來偷看我的情況。不是嗎？」

「呵呵。哎，我不否認。我來這裡確實是為了確認妳的實力。」

「我想也是。」堀北說完就喝了一口咖啡。她表現得真的很煞有其事，真是不可思議。

「我和葛城的想法不同。我估計有某個別人摻了一腳呢。」

「要怎麼想都隨你便，不過你有什麼根據嗎？」

「無人島上的考試，以及其結果，還有到那為止的過程——只要了解考試內容，這些就都不

是很困難的事情了。然而，在那種情況下想到這種想法，並且可以確實實踐的人是很有限的。這不是像妳這種認真類型的人會想到的戰略呢。」

「要怎麼想都隨你。可是你知道我定下的戰略是怎樣的內容嗎？無人島上的考試中，我們被告知的就只有結果。如何獲得、失去點數，照理詳情是不明朗的。」

對於總是冷靜還擊的堀北，龍園只覺得有趣又好笑，而露出了潔白牙齒。

「葛城那傢伙應該不了解吧。」

這發言換句話說就代表著龍園了解。

「那麼能請你說明嗎？你要是答對的話，要我回答你也是可以。」

「如果是我能回答的問題。」堀北打算如此補充，龍園卻無畏地笑了出來。

「考試結束時，我雖然寫下了妳的名字，可是結果是錯的。其理由只有一個。考試結束前的階段，領導者變成了某個別人。除此之外沒別的了。」

「你以為這樣就算是看穿？這種事只要稍微思考誰都知道。就算是那個你瞧不起的葛城同學也是呢。」

「嗯。不過，那傢伙認為一切都是妳策劃出的計畫。可是真的是這樣嗎？在我的猜測裡，妳變成領導者以及棄權應該都是意料之外。說起來，假如要展開這個作戰，就需要像伊吹這種別班的人物潛入自己班級，並且為了知道領導者身分而花時間確認卡片存在。這可不是一開始就會使

出的戰略呢。」

「你就不能想成我只是採取了保險手段嗎？防備不測事態，可是基本中的基本呢。我在伊吹同學前來接觸D班的階段，就已經把這件事情也納入考量了。事情僅只如此。儘管你強勢地解說，卻漏洞百出呢。我對你的發言一點都不吃驚。」

「最要緊的是，那名更換的領導者是誰。在我的預想裡，我推測那名領導者就是在幕後與妳有所牽扯的人呢。」

龍園如此斷言。接著一面看著堀北，一面靜靜觀察著我。

我不知道他認真到什麼程度，但我要是在此表現出動搖，就會被一舉攻進來。

「我不太能理解呢。很不巧，我並沒有像樣的朋友。如果硬要說的話，頂多就是眼前的綾小路同學。我老是被他扯後腿，很難說他會是協助的人呢。這也是個悲哀的事實。」

堀北藉由刻意強調我的存在感，反而做出了假裝我是不相關者的發言。

「如果我要變更領導者，他不就是最有可能的嗎？」

「原來如此啊。」

龍園稍微看了我一眼，就隨即別開了視線。

「哎，再怎麼說也不會是這個跟屁蟲吧……」

「你同意得還真乾脆呢。你有什麼根據嗎？」

「在我的推測之中，和妳聯手的傢伙相當聰明。不過，這傢伙並沒有留下什麼了不起的成績。假如他擁有突出之處，也有懷疑的餘地就是了。」

「看來你好好調查過D班了呢。話說回來，綾小路同學，他可是相當瞧不起你呢。你不否認也無所謂嗎？」

「……我要是有否認的證據就會這麼做了。」

看來我的懶散品行好像奏效了。不知道龍園是怎麼做到的，但他的語氣聽起來好像對我的基本成績有所把握。但如果我的學力、體育能力，外加溝通能力都是中等或者中下的話，也不會得到他的關注。

成績是客觀且確實的東西。它會以具體的形式留下，所以沒辦法蒙混。

「抱歉，你說有幕後黑手的這件事，我只能說很無聊。因為，這聽起來就只是小孩子不高興自己想出的作戰被識破才講的藉口。被女人看穿底牌，是件很丟臉的事情，對吧？」

「原來如此，確實啊。我想都沒想過會被妳看穿。我就坦率地同意結局變得和我料想的不一樣吧。老實說我很驚訝呢。」

龍園對情況沒有按照作戰進行一事笑了出來，就連覺得羞恥都沒有。不僅如此，他還說出了出乎我們意料的話。

「正因如此我才覺得遺憾。我很喜歡突襲或暗算這類戰術。雖然我被妳採取這類戰術的意外

性給打敗，但這還真浪費。無論是鈴音妳，還是背後摻一腳的傢伙都好，這實在是很愚蠢。你們不嶄露頭角，並且在私底下活動。可是現在就已經開始採取了行動。換句話說，你們太早讓敵人看見戰略了。D班現況在班級間的點數競爭上已經慢了一兩步。既然這樣，該行動的時間點就應該要在更後面。而且，你們也應該等到決賽再行動。也就是說，你們在野外求生考試上的行動，就像是在勝負未知的最初局面上使用了王牌。你們別以為同樣的手法會輕易行得通。妳去跟你們的王牌這麼轉答吧。」

「這可真是相當親切的勸告呢。」

「我可是很慈悲為懷的。」

「你好像無論如何都認為除了我以外還有個幕後黑手。」

龍園沒回答這個問題。他沒有根據，也沒有確鑿證據，卻彷彿對堀北說的這句話沒有疑問。要說為何，因為這個叫作龍園的男人比任何人都更相信自己。他從一開始就不打算接受別人半點建議或者責備。他在這次接觸上進行的確認，也沒有達到確認上的意義。

他應該只是想和堀北閒聊，度過有趣又好笑的時光吧。

龍園拿出手機，連獲得准許都沒有，就把手機背面朝向堀北。

接著鏡頭對準堀北，喀嚓一聲，拍下了一張照片。

「這是偷拍。」

「別這麼說嘛。我就告訴妳一件好事。」

龍園讓我們看他擅自拍下的堀北臭臉照，然後滿意地收起手機。

「D班裡除了妳，毫無疑問還有個很聰明的傢伙。」

「這根本不是好事。這件事情實在怎樣都無所謂。如果你已經擅自做出結論，就算不逐一問我，不是也沒關係嗎？」

「藉由交談也能看見一些事情。總之，能和妳說上話真是太好了呢，鈴音。這是場遊戲。我馬上就會查清楚在背地裡行動的傢伙。包括那個跟屁蟲在內，所有人都是調查對象。」

「告訴我一件事。我懂你被我搶先一步的懊悔心情，但為什麼你會這麼執著呢？你應該還有其他對象要在意吧？例如B班的一之瀨同學或者A班的葛城同學。只論傳聞的話也有個叫作坂柳的人。不是應該還有些班級的人們比C班更優秀嗎？你都說要告訴我好事情，回答這點問題應該也沒關係吧？」

堀北對明顯堅持於D班的龍園，也拋出理所當然的疑問。

「我已經知道他們的實力程度。要我說的話，葛城和一之瀨無論哪個都不是我的對手。換句話說，只要我想擊潰他們，我隨時都辦得到。」

「那麼坂柳又怎麼樣？」

說出這句話的不是堀北，而是伊吹。

看來伊吹自己也想確認這件事。至今都沒有語塞的龍園，首次稍微沉默了一下。

「那女人是最後的佳餚。現在吃掉只是浪費。走了，伊吹。」

龍園起身，帶著伊吹離去。

「堀北，妳還真是一舉成為話題人物耶。」

「……我應該就不必說這是誰的責任了吧？」

「怎麼，妳不滿意嗎？」

「我並沒有不滿。我只是不喜歡你那種挖苦的說法。我原本就預想自己會因為以A班為目標而受到注目。」

「那就好。算了，這就先不說了……這發展好像不太好耶。龍園果然是個無法用普通方式對付的存在。」

「是嗎？他不是因為不滿被我看穿的這件事實，才來隨便套話而已嗎？我不覺得他會把懷疑對象聚焦在你身上。再說，就算被知道真面目，困擾的也只有你。」

我無疑也是遭受懷疑的其中一人，但最要緊的不是這件事。雖然現在無法得知龍園在想些什麼，不過我會把他在這個時間點出現當作是種危險。

「妳說不定被監視行動了呢。就會合來說，這時機也太好了。」

「……這意思是我被伊吹同學監視了嗎？因為我很少外出，她如果是在房間門口監視，那這感覺會是件讓人昏倒的事情呢。」

「他們或許只是在強行監視妳，又或者是妳偶然被看見行蹤。如果能是這樣的話，那反倒就省事了呢。」

伊吹身上看不見疲勞的模樣。這也可能是某個別人在監視，不過從龍園帶著伊吹走來看，就應該將此視為伊吹也牽涉其中。

這樣的話，他們就是猜測「堀北今天早上八點會離開房間」。

從這裡推出的結論就是——龍園已經開始利用這次新的考試來擬定下次的戰略。而堀北最先會合的對象就是我。

至少我在那傢伙心中，已經被好好當成是嫌疑犯候選人了吧。

「這是個失誤啊……」

我自認明白那傢伙是個和我類似，而且腦袋聰明的人。可是我好像想得有點太天真了。我們在這次接觸上，或許給了龍園超乎想像的巨大提示。這是太在意考試內容而導致的結果嗎？要是我有溝通能力，就可以避免直接見堀北的風險了……

「你想太多。誰也不會認為你在幕後參與。雖然他剛才也說過了，不過你在第一學期期間構成的凡人功績，可不會輕易動搖呢。」

雖然我不知道這是褒是貶，但這部分確實很重要。

因為他就算再怎麼調查我，我也沒有任何突出之處。

通常不會有人無意義地貶低自己。我應該在龍園的戒備目標之外。即使如此，從我是堀北最親近的人物這點看來，我毫無疑問正受到他的矚目。

再說，既然伊吹跟我同組，至少我應該會被她給盯住。要自由行動會非常困難。

我確認學生們都開始慢慢零星出現在甲板上，就站了起來。

「先結束討論吧。我還很想睡，要回去房間了。」

我瞬間以為她或許會向我尋求某些建議，但堀北很有骨氣地如此說道：

「現階段只憑討論好像也沒進展，我們只能各自往前走了呢。那麼辛苦了。假如有進展，再麻煩你報告。」

堀北就算被強力陣營圍攻也表示出會戰鬥下去的意志。夥伴契合度就姑且不說，不過若對象是平田和櫛田，他們應該可以順利駕馭堀北。

我先回房間睡到中午以前吧。

雖然說考試已經開始，可是現在時間還沒到，也沒什麼要做的事。

1

「讓你們久等了是也。嗝噗、嗝噗！在下午餐吃了三個鰻魚飯盒，結果實在是太飽了呢。在下明明就打算節食，但卻失敗了是也。」

博士啪啪地拍打著比平時都還鼓的肚子，一面緩緩走過來。

這態度真不讓人覺得他是那種想挑戰節食的人。

因為我和幸村同寢，我們就在房間前面會合了。

「接下來就要開始考試了，你還真是漫不經心耶。我反而幾乎都沒怎麼吃。」

「這樣使不出體力，就會是個困擾旗了吧？」

「……我早就想說了，你能不能不要用那種奇怪的措詞啊？」

從不能接受博士語氣的人看來，心情確實就會像被施咒語吧。不過試著習慣之後就出乎意料地不會去介意了。

倒不如說，他偶爾變成不同的說話方式，對話還會變得很有趣。然而，如果我現在說出來，似乎會招惹幸村的反感，所以我就先放著不去管他們了。

「噗呼！您不喜歡『是也語調』嗎？幸村殿下您偏好什麼呢？」

就算惹人生氣，但他別說是不為所動，甚至還在對方沒有期望的方向上提出改善。

「我沒有偏好。我是要你普通地說話。」

「ＯＫ。現在開始，我就是最弱小卻又最強大的主角。我要扮演平時沒幹勁，但其實擁有足以破壞世界力量的超強作弊者。我要趕上現在的流行！」

不知道博士是想到了什麼。他好像覺得自己徹底成為了謎樣設定的角色。我已經沒辦法理解他話裡的內容。假如這是搞笑漫畫，幸村的眼鏡可能都出現裂痕了。

幸村隨即放棄糾正博士的語氣，帶頭邁步而出。

晚了一步的我們稍微快步地追了上去。

「綾小路，我有事想問你。老實回答我吧。」

博士好像自以為變成某個主角。他的聲音和表情就宛如高倉健（註：日本男演員）。我把不禁想稱呼他為健先生的心情忍了下來。

「你想問的是？」

「我在想你喜歡哪裡的方言。當然，我問的是如果由可愛女主角來說，會讓人聽得很開心的方言。」

他只有說話方式帥氣，內容和平時卻沒有兩樣。

「呃，就算你問我喜歡的方言……我沒有特別喜歡的耶。」

我在東京出生，而且在東京長大，也不可能會知道。

「難不成你不具有覺得方言很萌的屬性嗎？」

在這間學校裡，究竟有多少學生具有這種屬性呢？不過，這也算是抵達指定房間前的消遣。

我就在此稍微附和他吧。

「那博士你有嗎？喜歡的方言。」

「當然。那麼我就用排名形式發表吧。第三名是『但是，工藤！（註：せやかて工藤！）』，是大家熟悉的關西腔！雖然容易給人帶來嚴苛和難聽的印象，但果然是王道方言。可說是兼具搞笑及俏皮，且不可或缺的方言。第二名是身處雪國的美少女——北海道方言！像『不會啦——（註：なんもさー）』等獨特說法，絕對會萌死人！在二次元界裡沒那麼廣為流傳的這點，也是非常高分！」

糟糕，雖然我想趕緊擴展話題，但他說的意思我幾乎都不懂。

博士在我整理完思緒前，就擅自打算進入最後的發表。他震動嘴唇，發出「嘟嚕嚕嚕嚕嚕嚕……」的計分中音效，然後這麼說道：

「第一名是從幼女到成熟女性都很萬用的博多方言！從『你很喜歡對唄（註：好きっちゃんねー）』，到『你喜歡我嗎？（註：好きとーと？）』等等，不僅變化廣泛，而且還有『我喜歡你喲

（註：好きくさ）』這種針對狂熱愛好者的說法，可說是種廣泛且究極的方言！這就是我的最佳前三名！」

很哀傷的是，我無法理解他的話中內容，只有熱情成功傳達了過來。這好像算是有打發到時間。我們總算抵達二樓的房間前面，房門上掛著一張寫著「兔」的門牌。大家是同時間開始考試，所以走廊上擠滿了學生。即使如此也能容納所有人，而且不讓人覺得擁擠，應該是因為船隻規模很大的關係吧。

「要胡鬧昨天就是已經是最後一次了。接著我們必須為了自己、為了班級而戰。」

我想這主要是對博士做出的發言，但我也對幸村的話點頭表示同意。

「……唉，不管看幾次，我還是覺得這是個最糟糕的團隊。」

盯著我們進房間的一名女生雙眼往下看，移開了視線。她當然就是D班美少女（我有點在酸她）輕井澤。包含這名少女在內，房間裡有十一名學生已經坐在排列成一個圈圈的椅子上。從空椅數量可以知道我們是最後進房間的人。雖然從清單上的名字無法知道對方是誰，但除了一之瀨和伊吹，其中還有一名我曾見過的學生。無人島考試的時候，這個A班男生對偶然接觸到的我提出背叛D班的提案。而剩下的男女我幾乎都不認得。

這種合作關係，是在我們至今都作為對手的情況下，突然被校方要求聯手才形成的。

不只是D班，其他班級當然也很困惑吧。站著也很不自然，於是我們就在空椅上坐了下來。

基本上我們自然而然都依班級聚在一塊，但輕井澤和伊吹就像是離群孤立一般，跟大家稍微保持了距離。

「這是怎麼回事……」

「怎麼了，綾小路。你有什麼在意的事情嗎？」

「啊，不，沒什麼。」

我還以為輕井澤看見伊吹的瞬間鐵定會逼近她。要說為何，因為在無人島考試上偷走輕井澤內褲的犯人，正是眼前的伊吹澪。

我以為她馬上就會展開那次的報復……可是輕井澤好像比我想的還安分。還是說，她們已經清算完畢了嗎？

不，無論是哪一種，完全看不出輕井澤的憤怒還真是不自然。

這種疑問也不可能有答案。不久，迎接考試開始之後，船內廣播器的聲響，便傳遍了房間之中。

『那麼接下來開始進行第一回合的小組討論。』

廣播簡明且簡短。也就是說，除此之外真的都隨便我們了吧。

當然，在狀況和周遭組員身分都不清楚的小組裡，誰都不打算率先發言。寂靜又討厭的沉重氣氛突然蔓延開來。名為一之瀨帆波的少女一面輕輕微笑，一面守望著這個情況。

她好好確認過誰都不做發言，就站了起來。

「好，注意——雖然我已經大致上知道各位的名字，不過學校也姑且有指示，我覺得進行自我介紹會比較好呢。而且，說不定也有彼此是初次見面的人。」

看來她馬上就以領袖、主持人的身分出面了。即使任何人都會對此憧憬，不過率先引領團體可不簡單。彼此之間若是對手，那就更是如此。

一之瀨不討厭這樣，反而很開心地開始進行。A班學生們好像也藏不住驚訝，我感覺得到他們的反應有點不知所措。

「事到如今還有必要自我介紹嗎？而且，我不認為校方是說認真的。給想要自我介紹的傢伙去做不就好了嗎？」

「如果町田同學你想這麼做，那我也無法強迫你。不過，這房間的某個地方或許有設置收音麥克風喲。到時候不利的就會是沒做自我介紹的人，而且這說不定還會變成整個小組的責任呢。」

換言之，無論如何要是產生差錯，所有人都會傷腦筋。

被這麼一說，叫作町田的A班學生也不得不屈服了。

以一之瀨的自我介紹為首，大家開始繞一圈進行介紹自己。正因為我在入學典禮那天自我介紹失敗過，所以我在這裡有試著稍微鼓足幹勁。可是，結果我還是做了就像那天一樣的單調介紹。

「呀呼——綾小路同學。我們同組耶，請多指教！」

一之瀨對我拋出這種可以當作是安慰、慰勞的溫柔發言。我接著坐了下來。在所有人都做完有點簡短的自我介紹之後，一之瀨再次開口說了話。

「那麼，這麼一來就完成學校的交代了吧？那麼接下來的問題，就是要如何進行下去。如果有人不喜歡我擔任主持人，能請你們說出來嗎？」

「我隨時都有換人當主持人的準備。」一之瀨如此表示。

假如在她這樣說完後出面自薦，那接著當然就會變得必須擔下主持人工作。應該也有學生對一之瀨的做法感到不滿，但他們好像害怕帶頭說話，或許會有出面的機會，所以就沒有舉起手。

「好像沒有特別的志願者，那就由我來進行嘍。首先，在這個考試即將開始之際，我認為如果我們有不明白之處或者疑點，以及在意的部分，大家就應該一起討論。否則沉默狀態感覺就會一直持續下去。有沒有人有疑問？」

很令人感謝的是，一之瀨提議安排問答時間。可是大家好像都對發言本身抱持反感，還是沒有人舉手或出聲。

不熟的人們聚在一起，經常都會發生這種情況。能否在此無所畏懼地展開行動，應該也是個考驗領導者素質的瞬間吧。一之瀨手扠腰，以堅毅從容的模樣綻放笑容。

「我有事想問大家，請讓我提問喲。就我的立場來說，這是一件我想要以『大家都不是優待者』作為前提來詢問的事情。我想問——你們是否認為這場考試全體通過，也就是追求結果一才會是最好的方案。」

「什麼呀？這不是理所當然的嗎？」

對問題意圖似懂非懂的輕井澤說出疑問。她甚至沒有察覺到，小組裡的組員程度優劣，就因為這個普通問題而定了出來。情勢猶如潰堤，幸村，還有C班名為真鍋的女生也跟著回答。他們就像在贊同輕井澤，回答合作是理所當然的。

可能的話，誰都會想以結果一通過考試。B班一名男生，就像是在呼應這種自然的發言，而慢慢舉起手。清爽的藍髮輕輕搖曳。他是個體格瘦弱，長相有點中性的少年。他在自我介紹上報出的姓名是濱口哲也。

「我當然也予以肯定。既然我們都組隊了，我想合作也是當然的。」

話說回來，以一開始來說，這是個很不錯的問題。雖然部分學生甚至沒有察覺，但假如對方把這聽成是無心的問題，就表示這個人不會是優待者。她一面確認大家有沒有抱著積極、團結的心情，同時強迫優待者說謊。

對方如果順利中計，那在這階段說不定就可以鎖定目標。

只憑這個問題就百分之百斷言對錯，當然很危險。輕井澤最早肯定一之瀨拋出的話題。接著是幸村和真鍋，以及B班的濱口。就算當中混著正大光明說謊的優待者也不奇怪。

我為了不中斷這個趨勢，也為了小心不破壞場面氣氛，而接著說道：

「我的意見相同。我們都難得同組了，再說我也很缺個人點數。可以的話，我希望大家一直合作下去。博士，你呢？」

博士好像吃太撐肚子不舒服，因而一直用手摸著肚子。他聽見我問話，就震了一下肩膀。

「當然。我也想要點數，所以我會合作。」

博士好像還持續在扮演他那謎樣的角色設定，而用我聽不習慣的語氣答道。

只由男生組成的A班一行人，用疑問的眼光觀察博士的這副模樣。

他們就像是在觀望小組裡每個人的意見，而用沉著的態度提醒大家。

「一之瀨，妳這問題不是很狡猾嗎？假如『自己不是優待者』的話，當然就會想去期待有好處的小組報酬吧。而且，一般來說也不會有人光明正大地揚言自己會背叛。這樣的話，妳簡直就是要闡明優待者與壞人。我實在不認為這是適當的提問呢。」

格外散發存在感的男生町田用嚴厲的口吻說道。

相較於理所當然般聽從一之瀨意見的D班或C班，他明顯很不一樣。他對一之瀨的發言抱著疑問，批判這就如同誘導式的盤問。

濱口聽見這些話，就迅速且冷靜地反駁町田。

「以考試來說，這應該是很恰當的問題吧？一之瀨同學也沒有說出必須老實回答這種威脅的話。你不願意的話，只要不回答就好。」

濱口以冷靜的觀點箝制批判的A班學生。

看來唇槍舌戰早已開始。町田對濱口的反擊不為所動。

反而還說出這是預料中發展似的發言。

「這樣啊，確實如此。不願意的話，只要不回答就好了呢。那麼請容我們A班全體都保持沉默。」

町田雙手抱胸，表示否決。A班的其他兩人也貫徹了相同態度。其餘尚未答覆的學生，每個都彷彿都受到影響，而決定維持緘默。

「這是有點太過於苛責的問題嗎？」

一之瀨對意想不到的排拒反應露出有點傷腦筋的苦笑。

「不，我認為一之瀨同學妳的問題極為普通。只是他們的戒心比想像中還要強。不過町田同學，能請你告訴我嗎？所謂恰當問題是指哪種內容呢？討論喜歡的食物或者興趣，我想跟考試也不會有關聯。既然你要否決，假如沒有討論的替代方案，那以我方立場來說，這也很難以接受。」

「討論的替代方案？我才沒有那種東西。」

町田間不容髮地快速否定濱口的意見。

「一之瀨同學是怎麼想才提出剛才的問題，我也不清楚其本質。不過，我認為討論才是這場考試上唯一通往解決的道路。你們要這樣貫徹沉默的話，考試不就會除去A班變得只有我們在討論了嗎？我希望你們至少一起思考我們正在討論怎樣的議題。」

就像濱口所說的。假如完全交給別人並且保持沉默，那我們就會無法鎖定優待者。町田應該也很清楚這點，可是他卻維持戒備，不作答覆。一之瀨看見緊閉的城門，於是把為了突破城門的衝車拉了過來。

「這樣的話，雖然不是我的本意，不過根據情況不同，我們將會以多數決來決定最後的判斷。大家會懷疑不願回答問題的人們，說不定還會以亂猜來指名優待者。這樣你能夠接受嗎？」

一之瀨純真地從正面向前衝撞名為A班的城門。堀北也有類似的思想，但決定性的差異就是一之瀨可以和周圍攜手團結。她會一面獲得周遭贊同，一面戰鬥。因此她在這種情況下會發揮非常強大的力量。實際上，既然超過半數都已經跟隨一之瀨這方，那一之瀨就握有這個場合的主導權。這看似簡單卻非常困難。就我所知，這間學校沒人能夠執行相同的做法。葛城或龍園他們應該也都辦不到同樣的事情吧。過於為夥伴著想的平田或櫛田也沒辦法。

「……這是威脅嗎？」

「別誤會喲。我們只是想討論。雖然要說什麼、要回答什麼都是自由的，但我希望你們可以

參加到這場考試所要求的舞台——換句話說，就是希望你們能夠進來戰場。」

町田看起來無法理解，並覺得難以想像似的喃喃說道：

「這場考試真的可以藉由討論解決嗎？難道妳認為優待者會在討論過程中輕易承認身分？還是說，只要從頭到尾低頭拜託，優待者就會願意告訴大家？」

原來如此啊。看來A班的方針已經定好了。從語氣推測，我不認為這是他剛才才想到的事情。我在町田身後隱約看得見某個男人的身影。

「那麼，你有其他辦法嗎？」

十之八九是沒有。正因為一之瀨這麼確信，所以她才會提問。

然而，對A班而言，這也是他們所期望的疑問。

「——有。這是個確實、簡單，可以為大家帶來好處並且通過考試的方法。」

A班學生既不煩惱也不猶豫，如此開口。

一之瀨和濱口對這句話也藏不住驚訝。

「……你能告訴我嗎？你所謂的方法。」

「當然。因為我們同組呢。來共享貴重的資訊吧。」

町田說出自己，不……是說出感覺好像是A班全體想到的作戰。那是極為單純的攻略。

「我們推薦的考試攻略……就是從頭到尾都不討論。」

對靠在一塊坐著的我們來說，那甚至是太過大聲的音量。

內容就連輕井澤或者博士都可以輕易理解。

「這想法還真獨特。你說不討論，是要如何攻略這場考試呢？你允許無人知曉的優待者就這樣獲勝嗎？」

對於A班突然作出的這個否定對話的宣言，濱口搶在一之瀨發言前插嘴。

「是的。不做多餘討論來結束考試，才是通往勝利的捷徑。」

「一時之間真教人難以相信呢。這樣的話，就算A班被大家認為有優待者也是沒辦法的事情。難道你們在這階段就共享了優待者的資訊，並且打算保護其身分？」

自己班上有優待者——只要共享這個事實，就沒必要回應討論。濱口的意見應該是任誰都會懷有的疑慮。

「優待者在哪個班級，這種事怎樣都好。不，是都沒關係。只要不舉行討論就絕對贏得了。這就是葛城同學提倡的做法。」

「葛城同學的……？原來如此呀。」

一之瀨聽見葛城名字的瞬間，好像也得到了一個答案。町田開始對不懂意思的幸村他們進行說明。

「這場考試只有四種結果。才剛得到說明，都還記憶猶新吧。因此，我有事情想要請所有人

思考。各位認為這場考試上，絕對想要去避免的結果會是什麼呢？」

町田像是在詢問答案，而隨意指名似的對輕井澤拋出這句話。

「呃——……某人識破優待者身分，並且背叛大家？」

「正是這樣。叛徒的出現，將連繫敗北。叛徒答對也好、失敗也好，無論哪種都是敗北。那麼反過來說，除此之外的情況會變得怎樣？」

「……意思是不存在負面要素嗎？」

「對。剩下兩種結果中沒有缺點。這不會縮短或拉開班級點數的距離。再加上優待者還會受惠獲得大量個人點數。也就是說，只有校方要去承受負擔。再者，我們也不必特地找出優待者。我們會因為討論而去懷疑周遭每個人都可能是優待者。我認為犯下錯誤才比較危險。」

「我認同某種程度上的有用性。但既然不知道優待者在哪個班級，班級之間的點數差距也有擴大的可能性。假如優待者的分配極端地集中，都只固定在某個班級的話呢？好幾百萬點就會流進那個班級。這對班級點數應該沒有影響，但是大家應該都察覺到個人點數的重要性了吧。連討論都不進行就要接受那種結果，到時大家應該都會藏不住心裡的打擊吧。」

假如變成濱口所擔心的那種發展，這就會成為一個大事件了吧。

個人點數在這間學校裡也有各種使用方式。會變成平時的零用錢就不用說，它還可以購買考試成績。根據情況不同，甚至擁有能夠移動學生班級這種萬能力量。既然不清楚優待者的分配情況，就不可能實踐這種作戰。而這就是濱口的主張。

然而，這招對A班同樣也不管用吧。如果對象是葛城，那他應該已經察覺到學校安排的「結構」。若不是這樣，他就不可能提議這項戰略。

「只要稍微思考就知道，學校不可能執行不公平的分配。考試開始之前，學校還不停強調公平性，甚至還強調到讓人厭煩。雖然我們沒辦法無視『小組只存在一名優待者』的事實，可是這並不太重要。『所有班級都有均等的優待者人數』這件事實才重要。假如允許優待者集中特定班級，那麼在考試開始的時間點就會產生莫大的不公平。這有可能嗎？不，不可能。上次的無人島考試，學校也維持了公平性，對吧？A班和D班都有平等的起跑點。這點無庸置疑。」

葛城提倡的是——因為優待者是平均分派，所以沒有必要尋找。因此才要大家都不做討論，來讓所有班級都獲得相同點數地結束考試。

濱口對意想不到的提議語塞。

「的確……學校強調公平性是事實。只要相信這點，我認為這想法確實沒錯，但即使如此，這還是不可靠呢。」

儘管很勉強，但濱口這麼回答就已經竭盡全力。

學校不會貿然把優待者集中在一個班級。這推測很簡單就能做到。

「我想你也了解。舉行討論然後欺騙、擊潰對方，小組關係在結果上才會變得亂七八糟吧。

你想想。瞄準找出優待者並且全體答題正確，或是叛徒獨自獲勝的作戰，這報酬確實很龐大。然而，我們也會背負無法相比的風險。在這場不透明的考試上，我們一點也不必勉強自己。」

「是呀，我認為你們說得沒錯。假如只有學校要承受負擔，這也是件不錯的事情。」

一之瀨肯定並接受葛城擬出的作戰。町田當然露出好像想說些什麼的表情。不過，一之瀨好像沒有老實接受。

「但是，如果要實踐這點，可是會意外地辛苦耶。不對，這或許會比討論還要更辛苦。不進行討論、不懷疑對方、不背叛——全體一年級學生都必須遵守這些事情。而且，因為優待者的匿名性受到學校保障，因此這也考驗著同學之間的信賴。雖然優待者只要在考試結束時出面，並在班上共享點數就好，但優待者不是也可能會獨吞嗎？」

自己班級上有一部分學生成為隱藏富豪。這心情應該很複雜吧。

「我們A班締結了完全的信任關係。這點我們一點也不擔心。內部問題只要在內部解決就好。」

這作風很像是貫徹防守的葛城。它是築起屏障般的戰略。獲得執行同意是很辛苦而且相當高難度的事情。不過，這可以得到確實的成果，加上這只要不做討論就好，是任何人都辦得到的簡單計畫。這也能說是反過來利用學校計畫的「摧毀考試計」。

「這樣不也很好嗎？在下覺得這沒有任何問題是也」。只要考試結束之後，班上再舉行討論、分享點數，應該就和平了是也。」

博士不知為何回到原本的語氣。以他的發言為開端，這個想法也傳染至C班。叫作真鍋的女生表示贊同。

「我也贊成呢。所有人統一答案可以拿到最多的點數，可是要是有人背叛或說謊，那就完了。藉由討論來找出優待者並不實際呢。」

幸村也繼續做出思考的動作，但他沒有特別要反對的跡象。不，應該說他講不出足以反對的意見嗎？討論這項課題的難易度，就是有這麼高。

町田好像感受到大家的迴響，於是微微露出潔白牙齒，笑了出來。

「原來如此。確實就如町田同學所說的那樣。考試結束後的問題，似乎是在於各個班級。」

「可以讓我確實詢問所有人的意見嗎？首先，認為贊成的人，麻煩你們舉手。」

一之瀨雙手抱胸，環視一遍自己的班級，還有D班、C班。

D班的幸村和博士舉起了手。C班的學生稍微煩惱後，所有人也都紛紛舉起手。不過，伊吹從考試開始前到現在都這樣雙手抱胸完全不動，而且也不做發言。

「伊吹同學，妳覺得怎麼樣呢？可以的話，能請妳告訴我意見嗎？」

「沒有，現在我沒任何想法，你們就隨意繼續吧。」

看來她不打算表示意見。她和C班三人的立場明顯不同。

從真鍋她們沒有驚訝或覺得可疑看來，這應該是伊吹平時的態度吧。

「我知道了。這也是妳個人的想法呢。那麼輕井澤同學，妳覺得怎麼樣呢？」

「我……老實說我有點不滿意。就算會得到點數，點數會不會到我手上又是另一回事了呢。不過，就算討論也不一定會獲得點數……該說硬是起糾紛也很麻煩嗎？我真想趕快結束這種考試，然後趕快去玩。」

輕井澤想出的發言，好像意外地影響到其他學生。

「濱口同學，你們怎麼想呢？」

「我們的方針全權交給妳。」

B班兩名學生對一之瀨的信任好像堅定不移，而用力點點頭。

「謝謝。那麼剩下一位……綾小路同學，你是怎麼想的？」

一之瀨詢問把答案保留到最後的我。

「這樣不是很好嗎？好像已經有超過半數同意，而且我本來就不擅長討論。」

我以贊成意見催促通過此案。不過……一之瀨不可能會就這樣老實認同葛城的提議。

不，假如她在此輕易隨波逐流允諾，B班的前途就會是一片黑暗。

要說為何，因為葛城想到的戰略中隱藏著讓人難以接受的理由。

「那就決定了喔。」

「等等。町田同學的……不，葛城同學的方案確實是個不錯的作戰。不用懷疑任何人、不用說謊、不需要互相傷害。而結果上大家就會平等地獲得點數。我也了解許多人認同的理由。但能不能請你們好好想想呢？這項作戰雖然讓人覺得沒有缺點，可是我認為這其實是A班才能夠提議的作戰呢。我們看不見的缺點，正沉重地壓著我們呢。」

沉入海中那艘名為「猜疑」的潛水艇浮了上來，同時往海面濺起白色水花。

「看不見的缺點？那究竟是什麼？」

幸村沒思考到那部分，用很著急的語氣詢問一之瀨。

「所有班級都平均存在優待者。如果以這件事作為前提，我認為單在這場考試上，藉由不討論並允許優待者逃脫，就能平均獲得大量點數。換句話說，這作戰就只會有優點。然而，下面班級的學生，不就會白白浪費一次有限的機會嗎？」

「這——」

「我們不知道特別考試在畢業前會舉行幾次呢。我們和A班之間的差距也很明顯。說極端點，跟上上段班腳步的作戰，即使是在無人島的時候也做得到。重要的是，假如每逢考試就持續這種作戰，班級的最終位置也會一直不變。」

我明顯可以看見幸村被指出這件事之後表情就漸漸僵住。

彷彿是在說——為什麼我沒發現這種單純的事情呢？

町田巧妙地用言語誘導大家，讓大家只會以判斷「得失」這點來進行議論。

正因如此，幸村才會不考慮先後，就思索哪邊比較有利。

「我沒辦法輕易浪費掉寶貴的機會。即使這能夠得到確實的成果。」

「看來一之瀨同學提出了結論。我們也持同樣的意見。」

「等等，一之瀨。我知道妳想說的話。但若是那樣，能指望的結果就只會有一種。就算所有人都答對，這組所有人只會平等地獲得鉅款。事情也不會變成妳希望的那種發展。還是說，B班打算舉行討論並找出優待者，再馬上背叛大家嗎？妳剛剛才問大家是否期望結果一。妳實在讓人無法相信。」

「你說不會縮短差距，但這是不對的喲。這組的人數中，D班和C班是四人，B班和A班是三人。換句話說，假如以結果一通過考試，下段班不就可以確實縮短與上段班之間的差距了嗎？」

「……的確啊。不過你們B班在他們之上，難道就接受這點嗎？犧牲自己讓下段班獲得利益，應該沒什麼好處吧？」

「若不這麼做，也許就會允許A班順利取勝呢。尤其想到優待者在A班的情況，這就非常棘手呢。」

要是確定A班沒有優待者，一之瀨也不必奮不顧身。

然而，只要有這個可能性，她就必須成立討論場合。

「我的意見也一樣。允許A班順利取勝這想法可是不行的呢。」

他們在聽到葛城提倡的方案時好像很驚訝，但從現在一之瀨和濱口的語氣看來，我應該把他們的焦躁態度，或沉思動作都當作是在裝模作樣才對。

要是不預先商量這種時候的應對，是沒辦法出現這種流程的。

應該就是因為他們徹底了解A班，所以才有辦法說出那些還擊的話。

這麼一來，大部分舉手贊成過的學生應該都會變成中立，或是傾向一之瀨他們那方吧。因為這是B以下的班級會追求的立場。

這場面就像是——一之瀨率領的B班，和町田率領的A班之間的一對一廝殺。

D和C班，以跟隨兩方中的哪邊作為主軸，專心聆聽他們說話。

而那個主軸，現在應該確實靠向了B班。

「那麼你們要反對嗎？我先說，A班的方針已經定在剛才我所說的方向。你們就記住無論有何理由，我們都不會回應討論吧。你們要團結起來討論的話，就隨你們高興。」

A班三人就像在以行動表示告別，而站起來移往房間角落。

似乎代表著剩下的時間都隨便我們。

現在A班成員恐怕都在所有班級上採取相同行動。葛城在第一天最開始的討論，就使出可以說是「究極堅守作戰」的招數。

藉由這麼做，假如A班中有優待者，要找出來就會變得非常困難。

「那麼，我們該怎麼辦呢——」

一之瀨輕輕搔搔臉頰，然後坐在剩下三個班級圍成的座位上。

「我很想避免把你們當作外人，但如果這是班級方針，那就沒辦法了呢。啊，不過要是你們想參加討論，可要說出來喲——」

雖然她溫柔地搭話，但A班就像是已經沒興趣似的不作答覆。

「A班不參加不是就沒辦法找出優待了嗎？」

對狀況變化感到著急的幸村，逼問般地對一之瀨抱怨。

這態度真不讓人覺得他到剛才為止都策劃要站在對自己方便的那一方。

對幸村來說，他想避免逐漸掌握住勢頭的D班吃虧。

「假如優待者就在A班，或許要鎖定單一對象就會很不簡單呢。不過，單論機率的話，優待者就有四分之三的機率在我們這邊喲。再說，就算不曉得優待者是『誰』，只要知道優待者『在哪一班』，不是就有辦法了嗎？」

一之瀨判斷只要先鎖定優待者在哪個班級就好，而不是要一口氣找到。不，正確來說，她好像是想要知道優待者是否在A班裡。

「他們拒絕討論，那我就坦白說了。假如這三個班級裡存在優待者，我認為就算情況是最糟糕的隱瞞到底，也都沒關係。不過，如果優待者在A班，我希望你們可以在查明這件事的時候，同時去思考我們該怎麼做。」

一之瀨接受葛城的作戰，並且大膽地強力出擊。她告訴我們，希望三班結盟，縮小優待者的範圍。

「……我無法信任妳。」

拒絕這件事的人是幸村。接著，我也看得出來C班的真鍋表示拒絕之意。

「假如A班之中有優待者，那我們真的可以弄清楚嗎？這不是很困難嗎？」

「現在應該還不必想到那麼遠吧。我認為先鎖定優待者在哪個班級，這件事情本身才最重要呢。」

從優待者角度看來，三班合作的鎖定行動應該很可怕吧。然而，一之瀨應該在想——多出一名學生或者是同伴班級以外的人來幫忙尋找優待者也是個辦法。

「這件事是我在這裡才想到的。我覺得持續對話的話，接下來也會想出更棒的點子呢。因為考試才剛開始。要不要採取某人的方案，只要慢慢決定就好了吧。」

否定町田、否定一之瀨，本來就是任何人都無法辦到的事。

因為他們都是各自抱著各自想法在行動。濱口也說過，沒有替代方案就這麼抱怨是很不公平的。

我就先不慌不忙地觀察別人的態度，再採取行動吧。

溝通能力差的人在這種情況下無論如何都會慢半拍。這是很可悲的事情，不過我就不要著急，慢慢來吧。

「欸，妳是輕井澤同學嗎？我有事想問妳。」

C班的女生——真鍋，認為討論可能難以進行，就隨即向輕井澤攀談。

輕井澤好像沒想到自己會被指名，而不知所措地從手機移開視線。

「什麼事？」

「假如不是我誤會的話……妳在暑假前該不會和梨花起了糾紛？」

「啥？什麼？梨花是誰？」

「她是和我們同班的一個戴著眼鏡的女生，綁包包頭。妳不記得了嗎？」

「我不認識。妳們認錯人了吧。」

輕井澤好像判斷這與自己無關，就再度將視線落在手機。

不過，下一句話讓輕井澤淡然的模樣產生變化。

「這不是很奇怪嗎？我們確實聽見了耶。她說自己被D班一個叫輕井澤的女生欺負。她說自己在咖啡廳裡排隊，結果被妳插隊然後撞飛。」

「……關我什麼事。是說妳要幹嘛？妳好像對我有什麼不滿？」

「沒什麼，我只是在做確認。如果這件事是真的，我希望妳去道歉。梨花是那種會自己承受一切的人，我們必須替她做些什麼。」

看來輕井澤不僅在自己的班級，連在外面好像也稍微是個問題製造者。C班在許多方面也是個麻煩的對手，要是被盯上可是會很棘手。輕井澤下定決心無視，但真鍋看見這情況，好像很焦躁，於是把手機照相機面向輕井澤。

「我可以和梨花確認嗎？可以吧？假如不是妳的話，就沒問題了吧？」

這時，輕井澤突然抬起臉，用手甩掉真鍋拿著的手機。其力道比想像中還強。真鍋的手機被打飛，掉到地上滾了好幾圈，接著滑了出去。

「妳幹什麼啊！」

「這是我要說的。妳不要擅自拍我。我不就說妳認錯了嗎？」

兩人的主張完全分歧，爭論逐漸加溫。一之瀨就像在旁觀這情況般守望著她們。她應該是在試著辨別哪方是善是惡吧。

「要是手機壞掉怎麼辦！」

「什麼怎麼辦，只要去跟學校講，再拿另一支就好了吧。」

「裡面可是放了很重要的照片耶……」

真鍋急忙撿起手機，用懷有恨意的眼神瞪著輕井澤。C班兩名學生從頭看到尾，她們就像是要援助真鍋，而趕緊逼近輕井澤。

「什麼啊……妳們想說我不對嗎？」

「如果是我認錯人，妳也用不著這麼鄭重其事地否認吧！讓我拍啦！」

「我就說不要……」

我還以為輕井澤會更強硬地和真鍋起衝突，但她卻意外地被動。與其這麼說，倒不如說她強硬中夾雜了一些膽怯。是我的錯覺嗎？

「妳不是因為覺得愧疚才否認的嗎？」

真鍋好像打算強行拍照，而想把相機鏡頭對準輕井澤。C班的兩個女生一邊看著這種情況，一邊開心地笑著。可是剩下的那一人——伊吹，只有她的態度有些不同。她對真鍋她們報以鄙視的眼神。

「真像個笨蛋。」

「什麼叫真像個笨蛋？這跟伊吹同學妳無關吧。因為妳和梨花並不是朋友。」

「是呀，這的確與我無關。所以我只是說出身為局外人的感想。」

伊吹這麼說完，就雙手抱胸，低垂雙眼。真鍋好像不滿意這種態度，但沒有直接對抗伊吹，而是轉而對輕井澤大呼小叫。這恐怕是因為她和伊吹在C班裡確立了明確的上下關係吧。

「總之我要拍妳。」

「我就說不要！欸……快跟這個人講點什麼啦。」

輕井澤不知道是想到了什麼，她湊到A班學生町田身旁尋求幫助。

她就像是在求救，而坐到町田的隔壁發真鍋的牢騷。

「未經允許就拍照，真是不能原諒耶。町田同學你覺得呢？」

「……是啊。真鍋，輕井澤不願意，妳就別這樣了。」

「這跟町田同學你沒關係吧？」

「就我剛才所聽見的，不對的人感覺是妳。輕井澤都說不認識了，妳應該就不能強行斷言吧。再去和朋友確認一次會比較好。」

在這情況下公平做判斷的話，町田說的確實是正確的。我懂為了確認真相而想要拍照的心情，但既然她本人都拒絕了，擅自拍照就是違反禮節。

真鍋這方應該也很清楚這種事，因此被宣揚正論之後也只能作罷。即使如此，真鍋好像對這件事很有把握，而表現出無法認同的模樣。

「不要找我這種奇怪的麻煩啦，真是的。謝謝你，町田同學。」

輕井澤用好像有點尊敬的眼神往上看著町田。A班雖然在考試上和組員保持距離，但好像也未必全然如此。雖然竹本他們似乎覺得這有點無趣。

「……我只是做了理所當然的事情。」

町田有點害羞地如此答道。他是有預感自己要展開新戀情了嗎？

輕井澤已經有平田這無可挑剔的男朋友了呢。

只不過，我總覺得C班一部分學生和輕井澤的關係，日後很可能會成為問題的導火線。

2

結果我們沒有得出結論，學校要求討論的最低限度一小時就這麼經過。學校廣播告訴我們可以自由活動，於是我們便成了可以解散的狀態。

A班學生隨即成群結隊離開房間。

「那麼，之後就隨你們了。」

他們啪搭啪搭地走出去，房間再次籠罩著寂靜。

雖然一之瀨駁回葛城的提案，但她沒有往下進行討論。

她還隱瞞著什麼辦法嗎？或是什麼也沒在想呢？就讓我看看妳的本事吧。

「討論場合姑且還能舉行五次。這次就先解散吧。」

一之瀨用爽朗的聲音如此說道。

簡單說，她好像是判斷空出時間，讓大家有各自討論的時間會比較好。

眼前突然間被擺了處理不完的大量資訊，至少D班的成員都有點疲倦。C班的狀況應該也一樣吧。暫時結束是個不錯的想法。

「那麼，我要回去了。哇！」

輕井澤疲累地站起。她坐著的時候腳應該是麻掉了吧，所以站起時身體便向前傾斜。

「痛！」

跳著走路的輕井澤因為急忙想防止自己跌倒，結果不小心狠狠踩到真鍋的腳。當然，真鍋因為這劇痛而發出了慘叫。

「啊——嚇我一跳。抱歉抱歉。那就這樣。」

輕井澤簡單道歉，就這樣出了房間。

「那、那傢伙搞什麼呀！」

真鍋因痛楚與輕井澤的態度而怒火中燒，她一面把矛頭指向剩下的我們，一面離開了房間。我們當然不可能負起什麼責任，於是就撇開視線逃避她。

「那麼，我們也回去吧。我也正想問平田事情呢。」

其他班級正超乎想像地在展開行動。幸村好像也想趕緊召開作戰會議。正確來說，因為自己

班上沒有正經對象能夠商量，這也可以說是個痛苦的抉擇。

博士也像在回應這點一般緩緩站起。

結果在房間裡留到最後的，是B班的三個人及伊吹。

「我肚子開始餓了。午餐自助餐不知道還有沒有營業。」

不不不，你也太快了。居然一小時就消化完畢，這是怎樣的身體構造啊。說起來，你就是這樣吃東西才會胖。不過我這種內心的建議是不會傳達過去的吧。

「欸，幸村。輕井澤的樣子不會有點奇怪嗎？」

我試著說出我在第一場考試結束之後感到疑問的事情。幸村擺出狐疑的表情。

「那傢伙的樣子一直都很奇怪。」

……雖然很直言不諱，但這實在一針見血。不過，我想問的不是這種事。雖然只是有異樣感的程度，但我覺得好像有哪裡很奇怪。那異樣感的真面目就連我都不曉得……

博士好像也沒有特別發現什麼事，我就暫時忘了這件事情吧。

為了屏除雜念，我打開進房間之前都關著的手機。結果收到佐倉的聊天室訊息。我看了看聯絡內容，她說如果有空的話想見個面。

「這或許正好呢。」

我剛好也想聽聽平田或堀北以外的人對這場奇妙考試的感想。藉由了解佐倉被分派的組別，說不定也會看得見一些事情。

「呃——要在哪裡碰面好呢……」

總之就約在昨天相同的地點好了，這也很淺顯易懂。

我把大意傳過去，就立刻收到佐倉表示了解的通知。現在時間應該到處都充滿學生們吧。假如人很多，也不會有人注意我們。我自然而然就熟習了落單者在人群中也能生存的手段。因為第一回合的小組討論剛結束，電梯前人潮洶湧。

考慮到電梯一次只能乘載十個人，使用樓梯回去應該會比較快。

我就這樣直接下樓梯，走向甲板。手機在路途中收到了新的聊天室訊息。

『人開始有點變多，我繞去船頭那邊喲。抱歉。』

「噢……佐倉無法忍受這點啊。」

我接著朝船頭方向前進。船內雖然充滿奢華的設備，不過船頭這邊就只有眺望景色的寬廣甲板。因此，基本上這裡人煙稀少。

現在看來沒有其他任何人在，這狀態幾乎可以獨占寬廣甲板。

然而，即使是在這種可以獨占的甲板，佐倉好像也躲在角落柱子那裡等著我。大聲叫她也很奇怪，於是我就慢慢靠近了她。

「……是這麼想的……你覺得如何？」

嗯？隨著慢慢縮短與佐倉之間的距離，我開始聽見她喃喃地說著話。

聲音順著風傳了過來，但音量本來就很小，所以我也聽不太清楚。

「請、請你和我……那個……約、約約、約——……」

我還以為她在和誰說話，但景緻很好的甲板上並沒有其他人。

她手上好像也沒拿著手機。有點可怕。

「佐倉？妳怎麼了？」

我盡可能不要嚇到她，安靜地向她搭話。

「會～～～～～～～！」

佐倉嚇得整個人跳起來。

「你、你你、你是什、什麼時候到這裡的！」

「什麼什麼時候。我才剛到而已。」

周圍果然沒有任何人在，就連像是小動物那樣的東西也沒有。

換句話說，佐倉剛才說話的對象是幽靈，或者幻想中的朋友。應該就是這其中一種了吧。

「你聽見了嗎！你聽見我說的話了嗎！」

「是有斷斷續續聽見，但我實在聽不太懂妳在說什麼。」

佐倉好像因為我沒聽清楚的事情而放下了心。

「所以，妳把我叫出來的理由是？」

「呃，那個，所以，啊——……對、對！我因為這次考試的事情很煩惱！」

佐倉用非常沮喪的模樣遞出了清單。我收下紙張，過目名字。

A班：澤田恭美、清水直樹、西春香、吉田健太。

B班：小橋夢、二宮唯、渡邊紀二。

C班：時任裕也、野村雄二、矢島麻里子。

D班：池寬治、佐倉愛里、須藤健、松下千秋。

D班被分配到牛組的人是……噢，這還真是刺激。

男生抽出的是須藤和池。這成員組成真是讓我不得不同情佐倉。

這場考試無論如何都會產生只能和組員共度的時間。

要是我在她身邊，還能稍微幫她圓場，但這次我連這點也辦不到。

只要到了小組集合時間，就會被強制分開，她必須孤立無援地戰鬥。

雖然我可以偷偷透過手機幫助她，可是考試裡如果盡是做出那種不自然的行動，周圍也會馬上發現。然後，那行動在考試上也很可能會成為致命傷。

「我想過我要是認識別班的同學就好了……可是我甚至完全沒有半個認識的人。我就連朋友的『朋』字都感受不到呢……」

就算試著思考，感覺能夠依靠的人物之中，我也只想得到一之瀨或者神崎。

而一之瀨來到了我的組別，所以這已經是定局狀態了嗎？

對象如果是須藤和池的話，我也無法把佐倉託付給他們呢……

「抱歉……都是因為我沒有像樣的朋友。」

「啊，這不是需要道歉的事情喲！我才是完全沒朋友！」

雖然這是很沒出息的事情，但我們兩個最後開始比較起誰比較底端。

我大致上自誇完我們都沒朋友後，就切換到其他話題了。

「話說回來，我也有點事情想要問妳，可以嗎？」

「咦？問我？什麼事？」

「我在想討論結束之後，山內有沒有向妳攀談。」

「山內同學……？不，他沒有特別來找我喲。怎麼了？」

「這樣啊。」

我在無人島上的考試中利用堀北時，也間接利用了佐倉。我為了讓山內採取行動，於是就告訴山內會把他懷有好感的佐倉的電子郵件地址告訴他。

當然，我不可能未經允許就告訴山內電子郵件地址。關於這件事，我至今都還沒有和山內說。我很擔心這件事情的餘波會不會波及到佐倉，但她好像沒事。雖然說，這是我自己種下的因，但要是山內打算採取各種行動，那我也必須執行對策。

「總之，妳有想到什麼就聯絡我吧。我基本上應該都能出來。」

「……可以嗎？」

「嗯，我能替妳做的也只有這些呢。」

佐倉對這種也不知道可不可靠的發言像個孩子一樣，眼睛閃閃發亮。或許她對這點互動覺得很開心。

「我一定會聯絡你！」

「喔，好。」

我因為佐倉這跟形象有點不同的喜悅模樣，以及充滿氣勢的發言而稍微往後退。

不管怎麼講，這應該都可以解釋成她開始一點一點地變得積極了吧？無人島以來才經過幾天，佐倉看起來就更加有所成長。那是場非比尋常的考試，也許那給了正值成長期的高中生意想不到的影響。雖然狀況並沒有好轉，但我感受得到她即使在痛苦的情況下也想變得正面積極的意志。

3

「綾～～～～～小～～～～～路～～～～～……！」

我一回到船裡，就被身後壓迫而來的黑影給遮住。

我的脖子隨後被對方手臂繞住，用力勒緊。就算我慌張地拍打對方，對方也沒有暫緩攻擊的跡象，感覺好像有點來真的。我掙脫般地逃開。回頭一看，發現那裡出現了同班同學山內春樹的身影。他擺著一張宛如惡鬼或阿修羅般的恐怖表情。

「怎、怎麼了？」

雖然我了解理由，不過還是忍不住在形式上如此問話。

「什麼怎麼了，你說過會告訴我佐倉的信箱，這件事情怎麼樣了！話說，你剛才在跟佐倉說些什麼對吧！你果然正在追佐倉嗎！」

看來運氣不好，被山內給目擊到了。不過，事情就是要看人怎麼去理解。

「我沒有打算追她。只是，雖然這有點難以啟齒……但是我說了個謊。」

「說什麼謊啊……」

「你認為怕生的我會知道佐倉的信箱嗎？」

我故意稍微拐彎抹角地說明，讓山內理解這句話的真相。

「難不成……你剛才是打算問佐倉嗎？問出她的信箱……？」

我點了點頭，山內愕然地當場雙膝跪下。

「換句話說，綾小路……你明明不知道她的信箱，卻對我說謊……？」

「是的……」

「那麼，成果呢？你剛才有確實從佐倉那裡問出信箱了嗎？」

「……抱歉。」

「抱歉？什麼叫作抱歉？……我要的不是道歉，而是她的信箱耶！」

這不帶情感的冷靜嘟噥，呈現出山內的氣餒。

「你竟敢……你竟敢騙我啊啊啊啊！」

我確實對欺騙他的事感到很抱歉，但我不能未經允許就把佐倉的聯絡方式告訴山內。以佐倉的角度來看，她應該也會拒絕那露骨的不良企圖。

「你能不能再給我一些時間？」

「什麼時間啊！說謊可是成為小偷的第一步喔！」

被即使在D班也被大家說是最會說謊的山內這麼一講……我還真是大受打擊。

「那麼你要強行問佐倉嗎？」

「嗯，我會這麼做。」

應該是怒氣導致他看不見前方吧。就算是硬來，他也打算得到佐倉的信箱。

「佐倉可是說過喔。她說她討厭只有一張嘴的男人。」

「這不是在指你嗎，綾小路？」

「我當然被她討厭了。她不告訴我聯絡方式也是當然。正因為這樣，我不希望山內你步上我的後塵。否則你要是想強行問出卻惹她生氣，這樣就沒意義了。」

「這種話只是藉口吧。你本來就不知道她的聯絡方式吧。」

「嗯，這件事就讓我道歉吧。但是這樣下去，你無疑也會被她討厭喔。」

我低垂雙眼，向山內低頭。

「那我該怎麼做才好啊⋯⋯」

「你應該知道佐倉很喜歡數位相機吧？其實我聽說她現在擁有的那台狀況好像不太好。就算想買新相機，但好像也因為沒點數就放棄了。不過，假如山內你可以準備那台數位相機的話呢？要是送禮物給她，事情會變得怎麼樣呢？」

「她應該會很高興吧⋯⋯可是我沒有什麼點數耶。」

「在這場特別考試上，只要以優待者身分勝出，或者成為叛徒，又或是引領所有組員通過考

試，就會得到足夠購買好幾台相機的點數，不是嗎？」

「也就是說，只要我努力就可以和佐倉變得要好嗎？」

現在山內心中應該湧出了一個答案。

「就算是在展現男子氣概的意義之上，現在山內春樹你也需要實績。要和身為前偶像的佐倉交往，我想這麼做才能算是配得上她的男人。」

無論山內的心情如何，他對佐倉懷有好感都是事實。只要對這點給予刺激，他就有可能發揮出比平時都還更高的潛能。

「我做，我一定會去做，我一定會去做的！我絕對會靠自己的力量得到佐倉！」

「對，山內。如果是你，你一定辦得到。你辦得到！」

「唔喔喔喔喔！這場考試，我絕對會贏！」

我總算轉移了他憤怒的矛頭，並成功把參加考試的含意告訴他。要是結果以失敗告終，他對我的恨意也許會再次燃燒，但這個方法應該可以暫時擋著用吧。

況且，要是爆了冷門那更好。我在山內興致高昂之際遠離了他，放著他不管。

假如要說一項恐怖之處，那就是他隨便瞄準優待者攻擊，然後猜錯的情況……

「為防萬一我就先說了——」

我正開口想請山內謹慎點，卻打消了念頭。

「什麼啊?」

「不,加油吧。要是找到優待者的話,可別讓其他班級搶功了喔。」

「當然!」

要是山內弄錯優待者並且猜錯或許也好。

比起眼前的利益,未來的利益才更重要。

4

既然畢業時只有A班「無論怎樣的學校、就業地點都受到保障」是件不變的事實,我們在考試上就不可能施行完全的合作狀態。

B班和D班之所以能聯手,是為了要打倒C班和A班。

而C班和A班能聯手,也是為了打倒D班和B班。

那麼,這些班級齊聚一堂會變得如何呢?這就像是把肉食性動物與草食性動物關進同個柵欄般的危險狀況。我們幾乎不可能順利統合。

當然,因為偶然而團結起來也有可能發生吧。

如果小組只由平田和一之瀨這種品格的人構成，或許就有可能。

這就是如此難以達成的難題。

A班在第二次集合上也完全沒參加討論。當然，在缺少一個班級的狀態下，大家也不可能說出推心置腹的話。時間毫不留情地流逝。

我很感興趣地觀察起各班學生們會如何行動，但是這種不穩定的關係，已經開始讓這裡變成令人窒息的場所。大家絕對不是沒幹勁。應該只是因為戒心很強，所以無法貿然發言吧。

「總之……像這樣集合也是第二次了。我們也差不多需要彼此敞開心房了吧？集合次數也有限。」

這次最先行動的人，果然也是一之瀨。真不愧是期盼和平的B班。這點濱口和另一名學生也完全相同。他們毫不動搖地主張聯合戰線。

類似平田那樣的人到處都有。然而，就算一之瀨和平田類似，本質上卻是不一樣的。

一之瀨他們應該始終都是著重在B班的勝利。

這和上次浮躁、不知道接著會發生什麼事的時候不一樣，這場合的氣氛出奇地沉重。每個人都漸漸變得疑神疑鬼，加強戒心。

A班的三個人從這沉重氣氛裡解放，各自隨意滑著手機。考試沒有規定不能跟別組聯絡。就連講電話都是自由的。

有句話叫富人會過富人的生活，窮人則會過窮人的生活。這情況正是如此。

在班級對抗中處於壓倒性優勢的A班完全沒必要著急。

我以為狀況的發展會因為我們在無人島上報了一箭之仇而多少有變化，但葛城比我所想的還更冷靜地在推動班級。即使試著重新思考，這也是個非常有效的作戰。

尤其對我這種單獨行動的人來說，要擊潰這道城牆並不容易。

「我覺得沒必要彼此敞開心房，可是我贊成討論是必要的。也許A班擅自認為自己已經退出考試，但我可是想查明優待者身分。」

幸村想揮去沉重氣氛，而藉由同意一之瀨提議的形式表示意見。如果別班有優待者，認為不可以眼睜睜錯失機會也是理所當然。

還是說，因為他自己就是優待者，這是為了不讓人識破才做的偽裝呢？

「可是憑討論就找得到答案嗎？我實在不這麼覺得。真不知該說是優待者太狡猾，還是這場考試太困難。」

「我知道妳想說的話喲，輕井澤同學。不過，這應該是端看妳怎麼想吧。無人島考試和這次考試本質上都是給學生的surprise。妳只要這麼轉換想法就好了喲。」

「Sunrise？」

「如果是sunrise（註：日本製作動畫的公司）的話就交給我是也！這是在下擅長的領域！萌

燒——吧——！」

博士不知為何對別人口誤的發言反應很敏感。不，這不是sunrise，而是surprise喔。

「船上的生活沒有任何束縛，而且又很開心，對吧？就算一天規定集合兩小時，要聊天或滑手機都是自由的。這也沒有像上課那種沉悶感。」

「這個嘛……是很開心啦。」

「是吧？所以我們說話就輕鬆點吧。像是朋友之間在聊天那樣。我覺得封閉在殼裡的話，可是會很難受的喲！町田同學他們的表情也一直都很嚴肅呢。」

只要不去想上課的事情，事實上我們的確正在盡情享受著假期。雖然只是感覺上的問題，但越是正面思考，就越能感覺考試輕鬆吧。町田聽見一之瀨這種為了盡可能緩和氣氛所說的話，就忍不住發笑。

「妳要怎麼享受都是妳的自由，但我們應該不可能找到優待者吧。雖然不曉得這組誰是優待者，但那個人不和夥伴共享資訊的話，就是在策劃獨得點數。那個人應該會硬著頭皮隱瞞到底。再說，說不定優待者就在B班之中喔。妳能信任那兩個人的話嗎？」

他稍微使用心理戰術。

「這些話我應該也能對町田同學你們說吧？你能相信夥伴嗎？」

「……當然。」

町田的視線突然間游移了一下。不，正確來說，他是看向隔壁一個叫作「森重」的學生。然而，他隨即就把視線拉回人群，再次說明A班裡沒有什麼不安要素。

「我們沒有理由拘泥於優待者。不會有人每個月被匯入十萬塊以上，還要不惜說謊，固執於那區區五十萬點吧？」

「是嗎？有句話叫未雨綢繆。你心裡所想的，難道不就是想盡量多存一些點數嗎？在這間學校裡，就算有多少點數也都不會讓人傷腦筋呢。」

「無聊透頂。不過，要抱著幻想也都隨便妳。哎，妳就盡量做無謂的掙扎吧。」

從一之瀨對町田微笑的側臉表情可以看出她勝券在握。

儘管町田說不參加討論，但還是被一之瀨逼得進行對答。只要說話就會透漏資訊。一之瀨利用幸村和輕井澤，開始穩紮穩打地蒐集資訊。不過，問題在於「她察覺到什麼程度」。

另一方面，輕井澤則不時深深嘆氣並滑著手機。考試上沒有不可以碰手機的規則，所以並沒有犯規。可是，這說不上是為了找出優待者的積極態度。還是說，她就像是CIA或FBI，現在也正在即時地和平田通電話，讓他聽我們的對話呢？……若是這樣的話，那我還真是敬佩她……但這應該不可能吧。

當然，輕井澤平常就不會認真看待事情，從知情這點的人看來，應該也可以理解她這不認真的態度吧。只是，我覺得她和平時有某些不同。奇妙的異樣感持續不斷。

這是我從這場特別考試開始時就感受到的東西。

——與平時不同的輕井澤、與伊吹的再會、與真鍋她們的互動。

我接著察覺其真面目。這無論哪個都「不像」輕井澤。在大家認知中，她即使在D班也格外有存在感。無論好壞，她都是和平田一起統合班級的人物。然而，她在這個場合卻只是路人角色。這無關乎她是否擁有足以參加這次考試的能力。她明明有足以強行拉動場面的潛能，卻不打算展現這點。

有時候被拋話題她是會附和與回答，可是馬上就會安靜下來。這很可能是因為平田和櫛田不管在哪裡都很泰然自若，輕井澤卻沒有那麼表現的關係。

不如說，假如區分等級並在階級制度上呈現的話，她比C班的真鍋她們還處在更低的位置。

這就是異樣感的真面目。接著，我的疑問及擔憂漸漸開始膨脹了起來。

D班要躋身上段班，需要的不是現在去增加點數。創造可以增加點數的體制才是當務之急。相較A班或B班，D班的團結力可說是格外弱。因此，未來將成為不可或缺存在的，很可能就是輕井澤惠——這個統治D班女生的少女。我是這麼想的。正因為這樣，我很擔心她現在的態度。我還以為她會更強硬地著手支配場面。我必須辨別她是可用之才，還是不可用之才。要是想到考試期間很短暫，我就沒時間慢慢來了。即使會有點強硬，或許我也應該驚動她來一探究竟。

一小時經過。考試結束，A班就馬上出了房間。他們應該打算貫徹靜觀剩下的四次討論，不會瓦解最初決定的立場吧。一之瀨瞥見接連出房間的別班學生們，而稍微沉重地嘆了口氣。

「嗯——……這好像會是場很辛苦的考試呢。綾小路同學，你怎麼想呢？不覺得很苛刻嗎？」

一之瀨帆波這名學生還真是個意外不可輕忽的對手呢。統治B班的少女比我所想的更冷靜、更聰明，而且還很可靠。她好像顧慮到幾乎沒有發言的我。我都不禁快放下了戒心。

總覺得我若是她同班同學，大概就會喜歡上她。她就是個擁有如此魅力的人物。

正因如此，不僅B班，別班男生也無法對她置之不理吧。她的人氣匹敵櫛田。

「老實說，像我這樣的人在這種考試上根本一籌莫展。我都只是在旁觀而已呢。」

「現在放棄還太早嘍。一起努力把情況盡量往好的方向發展吧。」

一之瀨現在應該正為了反抗而拚命對抗著困境吧。

「哎，即使就這樣單純地繼續進行討論，誰都不會老實承認自己就是優待者吧——因為隱瞞到底的好處，及被揭穿的壞處都太重要了呢。假設就這樣下去成為兩條平行線的話，最壞的情況，或許按照A班所想的來行動也是方法之一。」

一之瀨的眼神與這種可稱為軟弱的發言相反，一點也沒有失去光輝。

儘管許多想法錯綜複雜，她卻絲毫沒有解開備戰狀態。

「總之，今天就先結束吧。你們兩位也辛苦了。」

「不，我們什麼忙都沒幫上。那麼，我們要回去了嗎？」

心情切換得真快。B班的三個人都像是關掉開關似的放鬆下來。我思考今天觀察一天看見的東西，與沒看見的東西。我還不清楚一之瀨他們的真正目的。可是，我應該要把這當成他們有紮實地在累積成果。

他們或許正在討論什麼作戰，當然不可能告訴外人。

C班的真鍋等人起身後，我便追在她們身後。

我追到電梯前方，就態度有點客氣地向真鍋搭了話。

「可以打擾一下嗎？」

真鍋好像發現了我的存在。可是她似乎沒料到會被我搭話，警戒地回過頭來。

「上次不是發生過妳和輕井澤說話的那件事嗎？就是在咖啡廳有撞飛人，還是沒撞飛人之類的。」

「這又怎麼了？」

她原本應該沒興趣跟我說話吧。不過，我想她絕對會對這內容表示興趣。她們三人都對我報以試探般的眼神。

「雖然我不是百分之百確定，可是我之前看見輕井澤和別班的女生起糾紛。」

「這……這是真的嗎？」

真鍋縮短距離，用僵硬的聲音如此反問。我有點畏縮，一面輕輕點頭。

「大概吧。我記得當時氣氛不好，或者應該說是感覺很尷尬。所以才會想姑且告訴妳。就只是這樣。」

我讓輕井澤和C班彼此堅持己見卻含糊結束的事件死灰復燃，接著就急忙折回原本的路。我並沒有實際看見那種現場，所以要是長時間持續話題，我的謊言就會曝光呢。

我就期待真鍋她們會因為這個火種而採取怎樣的行動吧。接著，我也想看看莫名安分的輕井澤會如何反駁，以及如何應對。

5

小睡了一會兒，很晚才回到房間的我，沒和任何人說話，就坐到了床上。

再怎麼說現在也將近午夜十二點。我還以為大家就快要就寢，不過房間裡還真是嘈雜。

平田擔心地看著很晚才回到房間的我。他在房間備有的沙發上和幸村面對面坐著。

「辛苦了，綾小路同學。你還真晚回來呢。」

「有點事情。啊，對了。我有些事想問你，可以嗎？」

「雖然我想你應該很累了，不過可以的話，要不要稍微聊一下？」

我和平田的話幾乎重疊在一起。

「嗯？你想問我什麼事情呢？」

「不，先聽平田你的事情吧。我的之後再說也沒關係。」

幸村身上散發出緊張的氛圍。這是有關考試的事情吧。

既然我們同寢，要是貿然拒絕，似乎難以避免氣氛變差。

我簡單點頭應允，並換上體育服，接著走到兩人身邊。平田稍微起身騰出空間，催促我坐下。而說到我要問的事，我是在想享有盛名的平田，感覺會擁有關於坂柳的資訊，但這之後再說也沒問題。

「幸村同學找我商量事情。他說要互相報告考試狀況。」

「我說過就算綾小路加入也沒意義就是了。」

「其實如果高圓寺同學也願意參加，那我會很高興呢。不過我被他拒絕了。」

哎，也是吧。我不覺得高圓寺會做這種沒意義的事。

「抱歉呀，平田boy。現在我正忙著追求肉體之美呢。」

赤裸上半身的高圓寺以倒立狀態反覆做著伏地挺身。儘管流出大量汗水，他的樣子看起來卻一點都不痛苦。這不是普通高中生能輕易辦到的絕技。他是個所有方面都超出標準的人。不過，高圓寺有參加這次考試嗎？

平田像是看透我這種憂心似的答道：

「高圓寺同學姑且算是有出現在考場上喲。因為禁止事項上寫著不參加考試每次都會扣點數呢。」

從有確實精讀規則的平田看來，他應該也暫時放下心了吧。

「其實我這邊收到班上兩個人說自己成為優待者的聯絡。」

「你說什麼？到底是誰啊？」

「這——這沒辦法由我說出口。畢竟他們是因為信任我才告訴我的。」

「你是在說我無法信任嗎，平田？如果你知道的話，那我也有權利知道。再說，只要知道誰是優待者，或許還可以變成攻略考試的提示吧？說起來假如要討論的話，夥伴之間共享自己擁有的資訊也是理所當然。」

「……是呀。我也想要一起商量……其實——」

正因如此，他才會說出自己聽說優待者身分的事情吧。

「欸，平田。為了以防萬一，你在手機或什麼東西上打出來應該會比較好吧？雖然我覺得是不會被偷聽，但再怎樣小心也不為過。」

「這也沒錯。稍等。」

平田打開手機畫面，在上面打進兩個人的名字，接著把螢幕面向我們。

『龍組是櫛田同學。馬組是南同學。』

平田讓我們看完這麼寫著的文字，就隨即刪掉那些內容。

「……原來如此。」

幸村一面小心避免說出口，一面思考著規律性。

不過，沒想到櫛田居然會是優待者。她在最有可能會越演越烈的龍組裡，是個非常大的優勢。然而，這個優待者的存在相反地也有可怕之處。那就是——如果被知道真面目就無法避免懲罰的這點。假設優待者在其他班級，最糟也不會受到損害。

「沒問題喔。因為進行得很順利。」

平田就像是看穿了我的憂心，用充滿自信的表情點頭答道。

龍組的三人各個都是精選而出。他們絕不會不謹慎地做出被人知道真面目的舉止。

「這件事兔組裡也討論過，優待者很可能是各班平均存在。換句話說，D班裡照理會有三個人。還有一個優待者不說出自己的真面目。」

「嗯，幸村同學你這個想法是正確的。當然，那個人也有可能只是沒告訴我，但有和別人商量。因為告訴越多人也相對會提昇風險呢。」

當我們認真地深入話題，房間裡開始響起高圓寺的哼歌聲。幸村忍耐了一段時間，但哼歌聲一直沒停下來好像讓幸村越來越焦躁。他最後從椅子站了起來。

「高圓寺！你能不能停止那悠哉的哼歌呀！還有，我不會叫你要認真，但你到最後都要給我好好應考。你可不能再像無人島時一樣中途退出。」

「那也沒辦法吧？那時候我身體狀況不好，沒辦法勉強呢。」

「唔……你明明就只是裝病！」

「不過，考試還要持續兩天，就只是個麻煩事呢。」

用力持續倒立伏地挺身的高圓寺優雅地放下雙腿，站了起來。

接著把事先放在床上的毛巾掛在脖子上。

「居然說只是個麻煩事？你明明連去思考考試都沒有，還真是自以為了不起。」

「持續一點也不有趣的考試，應該也沒意義吧？這只是個要找出騙子的簡單猜謎。」

高圓寺抓著手機，滑著手指頭，開始某些操作。他結束操作之後，包含高圓寺在內，我們四個人的手機都同時收到來自學校的通知。

「喂，你做了什麼！高圓寺！」

儘管幸村已經猜到了，但還是忍不住如此喊叫。

我和平田都急忙取出手機，過目收到的信件。

『猴組的考試結束。猴組學生之後不必再參加考試。請小心行動，不要打擾其他學生。』

「這個猴組是你的小組對吧！高圓寺！」

「說得沒錯。這樣我就暢快地變成自由之身了呢。Adieu。」

對拋出手機就往浴室消失蹤影的高圓寺，我們的反應只有目瞪口呆。

「別、別開玩笑！我們明明就拚命地在思考。結果那傢伙又……！」

「還不知道結果呢。說不定他有他的想法……」

「你的想法太天真了！那傢伙是只要自己能輕鬆就好！太糟糕了！」

高圓寺確實不讓人覺得有在認真看待考試。不過，那傢伙的洞察能力或觀察力也有讓人大吃一驚的地方。假如他斷言這場考試是「要找出騙子的簡單猜謎」是事實的話，他說不定已經猜中了答案。

高圓寺的突發性行動立刻就傳遍所有學生。平田的手機接連不斷地響起。

聊天室滿是同學想知道發生什麼事情的反應。葛城、龍園、一之瀨他們毫無疑問也同樣會很驚訝。誰都沒料到第一天的時間點就會出現叛徒吧。我的手機也收到來自堀北的聯絡。

「抱歉，情況好像非常混亂。讓我稍微講個電話。」

「可惡……都是高圓寺害的。這樣我們不就變得根本沒空討論了嗎！」

「我出去一下。」

如果幸村還是這麼焦躁，我也無法安靜睡覺。

我用斜眼確認討論已停止，就留下這句話，離開了房間。

雖然發生高圓寺結束考試這突發事件，不過現在可不能一直拘泥於這點。老實說，這次考試中我在某程度上看得到自己能力的極限。即使我再怎麼策劃，要用剩下所有干支小組來替D班帶來勝利也很困難。不，就算說是不可能也可以。

假如我跟各個學生之間都有連結，那就還有辦法。不過我並沒有那種羈絆。

我也不可能從自己持有的手機介入別組的答案。

要去觸及此外的方法，時間不夠，風險也高。

或者，如果我有足以顛覆一切的決定性資訊，那就另當別論了……D班之中握有關鍵的人物是平田、櫛田等人。只要利用這兩個人行動的話——

「不行呢……」

考試包含假日在內剩下三天。沒辦法的事情，實在就是沒辦法。

就算我獲得這兩個人的全面協助，我的眼線還是壓倒性地不足。

我無法把情勢變成可以掌握到各組舉行的討論內容。

當然，假如是堀北或佐倉那些人的話，那我應該還有干涉的餘地……

但這場考試上應該去做的，果然還是得到今後的眼線的這辦法。

6

一望無際的滿天星空映入眼簾。

我為了尋找去處而四處徘徊，最後抵達的地方是船外的甲板。

「這真是壯觀耶……」

這片美麗光景和書本或者影像上看見的畫面有著懸殊的規模差異。這是大都市裡無法看見的夜景。雖然人數很少，但我看見男女學生彼此牽著手、摟著肩膀，仰望同一片星空。總覺得有點空虛。這裡幾乎沒有光線，因此我沒辦法窺見他們的表情。不過別人的戀情怎樣都無所謂，我並沒有興趣。

可是，在這盡是兩人組的地方也有獨自仰望星空的學生。而且從輪廓上看來，對方還是個女孩子。

「……不不不。」

我不可能現在過去搭話，做出「要不要一起看星空呢？」那種搭訕。要是中途她男朋友過來會合而且找我麻煩的話，那也很討厭。只是，我對她會是怎樣的女生這部分也抱持著興趣。所以就試著稍微靠近了她。

我這邊的動靜好像被對方察覺到，那個人影回過頭來。

「咦？綾小路……同學？」

「這聲音……妳是櫛田嗎？」

從黑暗之中浮現的人影是櫛田。她用驚訝的表情看著我。

「妳……自己一個人嗎？」

她該不會是在等男朋友……這種讓我感到很揪心的想法一閃而過。

「嗯，對呀。總覺得有點睡不著。」

「這、這樣啊。」

知道她不是在和男朋友看夜景約會，我就鬆了口氣。我心想既然如此應該就沒關係，於是靠近櫛田身邊。她好像才洗完澡沒多久。一身運動服的櫛田身上傳來難以言喻的舒服香氣。客房裡備有的洗髮精應該是一樣的呀，這真是不可思議。

「妳不冷嗎？」

「沒關係。比起這個，綾小路同學你一個人嗎？」

「對。」我點頭說道。櫛田有點開心地笑了。

「我們兩個都是單身呢。自己在這種地方有點難為情，所以我覺得有點開心呢。」

「…………」

我要是可以在此說出一句得體周到的話就好了。當然，我不可能說得出來。

豈止如此，我還因為在這個到處都是情侶的地方與她兩人獨處而心跳加速。櫛田心中一定覺得這樣很討厭。

「呃——總之我要先回去了。」

「你已經要回去啦？」

「我開始想睡了。」

這是個超級大謊言。我一點也不想睡，但這沒辦法。

「這樣啊。那麼明天見。晚安，綾小路同學。」

「晚安，櫛田。」

就在我們互相道別完，我打算沒出息地退場並背向櫛田的時候——

「等一下——！」

櫛田稍微大聲地喊道。她好像想到了什麼，而撲來我的胸口。寒冷天氣之下，雖說隔著運動服，但我也感受得到她肌膚的溫暖。

「櫛櫛、櫛、櫛田？妳、妳怎麼了！」

我面對這種無法預期的事態當然陷入恐慌，並且著急起來。這是我無法理解的發展。

「…………」

然而，櫛田沒有立刻回答。可是過了不久，她就這麼小聲說道：

「對不起。總覺得……那個……或許我是突然覺得落單會很寂寞。」

她在我胸口前喃喃說出這種話。我的腦袋就像是受到拳擊手的一記直擊而頭暈目眩。在這之後又過了幾十秒。櫛田沉默不語地持續把臉埋在我的胸膛。但她接著突然間就像是從束縛咒語解放，而急忙與我保持距離。

「對、對不起。我……那個……突然抱住了你……晚安！」

我在漆黑中無法窺見櫛田的表情，但不曉得是不是錯覺，總覺得她的臉頰好像很紅。我沒能叫住飛奔而出的櫛田。我感受到手和胸口殘留下來的餘溫，在原地呆站不動。

因為發生這種事件，害得我更睡不著了。我就這樣不回房間，決定稍微在船裡散散步再回去。

「啊——真是嚇我一跳……冷靜下來就突然覺得喉嚨好渴。」

船裡一樓應該有好幾個地方設有自動販賣機。我就先經過那裡再回去吧。

結果，我發現自動販賣機附近的酒吧裡有組合奇妙的三人組背影。

那裡有茶柱老師，加上B班班導星之宮老師，以及A班的真嶋老師。

也有好幾個曾經看過的老師在沙發等地方一面休息，一面靜靜打發時間。

這個區域並沒有被禁止進入，但由於這裡盡是與學生無關的居酒屋或者酒吧等設施，因此任

何學生都不會靠近。

我原本是想轉換心情才過來，但也許會意外獲得某些有趣的消息。

我隱藏自己的氣息，靠近至極限位置為止。

「總覺得呀——這還真是久違耶。我們三個居然會像這樣輕鬆自在地坐下來。」

「這是命中注定。因為繞來繞去，結果我們都選擇老師這條路。」

「別說了。講這種話也沒意義。」

「啊——話說回來，我可是看見了喲！你上次在約會對吧？那是新的女朋友嗎？真嶋你還真是出乎意料地風流耶。你明明感覺就是個寡言又冷淡的人。」

「嘖，妳才是吧。之前的男人怎麼樣了？」

「啊哈哈，兩星期就分手啦——我是那種要是關係變深就會一口氣冷卻的類型呢。該做的事要是做完，我就會拋棄對方。」

「一般這是男方才會說的話呢。」

「啊，所以我可是不會讓真嶋你得逞的喲。我們是最好的朋友，我也不想把關係搞壞。對吧？」

「放心吧。只有這點是不可能的。」

「唔哇——總覺得這還真是讓我大受打擊。」

星之宮老師自己把威士忌倒入空的玻璃杯。她看起來就像是大口喝著純酒的酒豪。對照之下，茶柱老師則是慢慢喝著像是雞尾酒那樣的東西。

「話說回來……妳到底打算做什麼，知惠？」

「哇，妳怎麼突然這麼說。我做了什麼了嗎？」

「慣例上，學校方針應該是要把班級代表集中在龍組吧？」

「我並沒有在開玩笑喲——光看成績或生活態度的話，一之瀨同學確實是班級第一呢。可是，適用於社會上的本質無法完全只靠數值測量。在我的判斷之下，我認為她仍有需要超越的課題。妳看，而且小兔子很可愛對吧？蹦蹦跳的感覺，不是很像一之瀨同學嗎？」

「……若是這樣就好了呢。」

「星之宮的發言很合理，不過妳有什麼在意的地方嗎？」

「我只是不希望妳因為私人恩怨而判斷錯誤。」

「討厭，妳還在說十年前的事情呀？那種事我早就既往不咎了——」

「誰知道呢。妳不在我面前就總是會亂講話。每個行動都非得搶先我一步才滿意。所以妳才會讓一之瀨參加兔組，對吧？」

「這是什麼意思，星之宮？」

「我真的只是認為一之瀨同學有應該學習的地方才把她從龍組剔除。而且呀，我很好奇小佐枝妳在意綾小路同學的這點。這只是單純的碰巧。碰巧、碰巧。我才一點都不在乎小島考試結束時，綾小路同學是領導者的事呢——！」

「原來是這樣啊。」

真嶋老師理解地點點頭。然而，他馬上就用嚴厲的語氣告誡星之宮老師。

「雖然這不是規則，但妳要遵守倫理道德。我很想避免向上呈報同期同事的失態呢。」

「真是的——我這麼不受信任喔。而且你們都只罵我，坂上老師不是才有問題嗎？要是C班也做了應該做的評價，明明應該會是其他學生過來，可是他卻把龍園同學編了過來。」

「確實啊……因為今年和往年都不同，學生的資質好像很特殊呢。」

我幾乎沒得到關於這場考試的消息，但我差不多該折返了。被發現長時間逗留在此，很可能會被捲進更麻煩的事情裡。

光是知道一之瀨是為了調查我的狀況才被送來，這作為收穫就已經十分足夠。這樣我的行動就會越來越受限制了。

高度育成高級中學學生基本資料 時間7/1

姓名	神崎隆二 Kanzaki Ryuuji
班級	一年B班
學號	S01T004662
社團	無
生日	12月5日

評價

學力	B
智力	B
判斷力	B
體育能力	B
團隊合作能力	D＋

面試官的評語

成績單上沒有可稱為缺點的缺點。雖然是A班學生候選人，但他在面試上的被動言行與態度仍有成長空間。這是我們期盼他改善的部分。他的交友圈很淺，不擅長與人交際，因此我們今後也將期待他在這方面的進步。

導師紀錄

腦筋很好，運動神經也很好，是個帥哥。從沒引起問題的情況看來，他是個很好的孩子。只不過，我希望他可以再積極一些。

「……這是在開玩笑吧？」

堀北開口就用責備語氣來迎接我。

「很遺憾，這是事實。高圓寺很爽快地就讓考試結束了。」

「你是笨蛋嗎？為什麼沒阻止他的失控呢？這是同寢室友的責任吧？」

「妳別蠻不講理啦。事情過了也沒辦法。妳就當成是被狗咬，放棄吧。」

高圓寺採取的強制結束考試手法傳遍船內。各班級都是一片騷動。雖然我們昨天就在聊天室裡對答過，但堀北還是強烈要求直接見面說明。

即使如此堀北好像還是無法接受，而左右搖了好幾次頭。

「下次要是見到他，我會直接斥責他。真希望他可以別又白甘墮落。」

「妳應該知道這沒意義吧。妳的想法不會傳達到那傢伙耳裡。現在被外人所惑只會難受而已。總之，我們最好還是把精神集中在自己的小組。」

如果談高圓寺的話題，只要我和他同寢，我就會一直被堀北責難。我應該在此改變話題。

「我的小組裡確實盡是棘手的對手，但我可沒打算要落於人後。」

她實在是很強硬。哎，關於這點我也只能交給她了呢。

星之宮老師在背地裡試探我而送來的一之瀨他們作為對手也很棘手。我也無法貿然加深他們對我的印象。

「對了，妳姑且也算是女生，我有些事想問妳。」

「你那討厭的開場白是什麼？什麼姑且算是，我就是個女人。」

我好像被堀北誤會是在挖苦她。她不服氣似的對我投來有點嚴厲的眼神。

「啊，不，不是這樣不是這樣。我想說的是妳身為女生的部分。」

我做完奇怪的辯解後，她好像更生我的氣，所以我就立刻進入了正題。

「我想要關於輕井澤的資訊。」

就算我想接觸，輕井澤也不會理我。

要是讓她製作班級裡的男生排行榜，我毫無疑問會淪落到很低的名次吧。

「換句話說，你想問我關於輕井澤同學的事情？」

「就是這樣。」我點頭同意。

「即使只有我自己的小組內，我也想事先掌握實際情況。但這也不簡單呢。雖然感覺總有辦法試探博士或幸村，但關於輕井澤我就完全沒頭緒。在無人島考試結束之後，妳有被輕井澤邀請吃過一次飯吧？」

「那種事我當然拒絕了。我對輕井澤同學沒什麼興趣。你要是這麼想要消息，要不要去利用平田同學？如果是他的話，他可是會輕而易舉地替你製造出交集呢。」

這雖然就如她所言，但不幸的是，考前我才錯失了與輕井澤吃飯的機會。平田應該也記得這件事吧，我想盡量避免在這時間點提出這種事。

「你擔心的是假設她就是優待者的這件事嗎？」

「這也是其中之一。只是，我實在無法理解輕井澤的行動。我很在意這個。」

「雖然這可能是我多管閒事，但她的行動不會有什麼理由。光在意就是浪費時間。」

「堀北，片面斷言他人可不太好喔。」

「斷言？什麼意思？」

「妳應該只把輕井澤當作是個任性、沒團隊合作能力，而且麻煩的存在，對吧？妳知道那傢伙也確實有優點嗎？」

「她有什麼優點嗎？我想不到呢。不是全都是缺點嗎？」

嗯，說到團隊合作能力有多差，堀北應該也半斤八兩，或者更勝輕井澤。

「我們在看人的時候會先從外表得到資訊。像是對方很帥或是很可愛，反之也好，但我們就是會讀出這些訊息。說成第一印象就很好懂了吧。接著就會由對話或行動來推測這個人的內心層

面。比如對方是社交型、好戰型、被動型。」

因為我說出理所當然的事，堀北於是雙手抱胸，等待我接下來的發言。

「但這和外表一樣都只是表面上的東西。真正的想法之類的事，是無法馬上看出來的。例如櫛田或伊吹。若要舉更多例子，那我也是如此。我會依情況不同，分別使用表裡兩面。」

「你是說輕井澤同學也有那樣的一面？」

「這幾乎所有人都有。或許妳沒有自覺，但是堀北妳也有。」

這傢伙面對哥哥時，有暴露出脆弱、真實自我的傾向。

「雖然我有無法接受的部分，不過算了。我可以理解有些事情是接觸之後才看得出來。」

她能這麼想再聽我說，事情就比較簡單了。畢竟我如果沒有想參與其中，我也不覺得自己會想去知道或是懷疑輕井澤的本性。

「所以輕井澤同學的優點是？」

「現在我還想不到準確的表達方式，但我就說成是『支配場面的能力』吧。她應該擁有掌握主導權的手段。事實上，她在D班中也得到了不可動搖的地位。」

不過，在這次組成的兔組中我都還看不見其能力的半點表現。正因如此，我判斷必須盡快看清輕井澤的本性。

「我就退一百步來說她有這種能力吧。那你打算怎麼做？難道你打算把輕井澤同學拉到同一

陣線？」

「嗯——我該怎麼做才好呢？」

這是需要仔細考慮的。當我正在思考回答方式，那名男人就和昨天一樣前來接近我們。

「嗨，兩位。你們今天也在偷偷幽會呀？也讓我加入嘛。」

是龍園。他今天好像沒和伊吹在一起。他獨自露出陰森笑容並且靠了過來。

「你好像很閒呢。你就算在意我，也不會得到任何東西。」

「決定這點的人是我。那麼，妳想到找出優待者的計畫了嗎？」

他又未經許可抓了旁邊的椅子坐了過來。

「無論我有怎樣的想法，我都不打算告訴你。」

「這真遺憾。我本想請教妳的高見。但是，鎖定優待者的行動妳看來沒什麼進展呢。」

「你這說法還真有趣。那麼，你就知道優待者是誰嗎？」

龍園看見堀北一副想說「你不可能知道」的表情，就露出像在等待這句話的從容笑容。

「我大致上已經開始了解優待者的真面目。這麼說的話妳相信嗎？」

「我不相信。你不是一之瀨同學或葛城同學那種備受同學支持的人。你裡外四處都是敵人，我不認為你會蒐集到充足的消息。」

「這並不對呢。我確實沒營造出那些傢伙的那種要好團體，但這和能不能蒐集消息，完全是

兩碼子事。」

這狀況就像是老師用鄙視態度教誨反抗的學生。

「很不巧，我已經深入到這場考試的根本。依據情況不同，C班也可能壓倒性地勝出。」

「怎麼可能——」

不，也許這傢伙說的是事實。

學校基本上是以某種規律性、規則作為基礎來制定考試。期中、期末考，還有無人島上的考試也都一樣。考試是只要理解規則後面如同規律一般的東西，就會取得高得分、好成績的結構。若是這樣，那麼這場考試也是一樣。如果是這傢伙，他應該也已經察覺到這件事了吧。

「這是非常簡單的事情。只要調查班上誰是優待者就好。這樣要解析考試構造，就會像是已經完成一半了呢。」

「是呀，這是誰都想得到的事情。就算這樣他們就會老實回答嗎？如果規則保障匿名性，優待者們應該就不會告訴你這種獨裁者，而是會試圖獲得五十萬點吧？」

龍園若無其事地回答堀北這疑問。

「什麼回答。只要把情況變得無法說謊就好了啊。」

「變得無法說謊……？」

「因為所有手機都提交給我了。要是對本大爺說謊，我就讓他在學校待不下去。只要這麼說

的話就很快了。然後，我就只要一支支直接確認手機裡的郵件就好。」

「你瘋了？這牴觸禁止事項。假如被申訴或許就會被退學。」

「喂喂喂，這並不會成為問題。就因為不成問題，所以我才會在這裡。妳懂這意思嗎？」

這是絕對支配者才能執行的強硬手段。

假如強行看別班學生手機的話，龍園無疑將會受到懲處。

然而，即使龍園在C班裡恣意妄為，申訴本身這件事，他也有把握任何人都不會發起。只要沒有人向學校申訴自己被恐嚇，這就與同意的意思相同。

龍園能若無其事地待在這裡，正表示這是在規則裡進行的這項事實。

這就是龍園的策略──強行讓C班一切赤裸裸的強制性作戰。

總之，假如這件事是真的，那龍園就查明了三名優待者。

這將會成為這場考試整體的巨大提示吧。

如果拿翻開圖示猜測背面插圖為何的猜謎來比喻，就會比較容易了解。假如不翻開任何一面，誰都不會知道答案。但是翻開四分之一的話，就可能會知道答案。

換言之，龍園或許知道所有班級的優待者。

「妳好像終於了解狀況了呢。」

「……嗯。我了解你並沒有得到答案。要是你已經解開，照理就會毫不猶豫寄信給校方。就算結束考試也不奇怪。」

「這也有可能只是我在玩呀。」

「我們都不知道何時誰會得到答案。你應該不會這麼從容。」

堀北應該沒有把握，但她的解讀恐怕是正確的。這場考試上知道答案後，無意義地延後結果並沒有好處。假如能夠決定，就該做下決定。

「那麼，就讓我進入終局的階段吧。」

「龍園同學，可以順便讓我問一件事嗎？昨天猴組好像結束了。關於這件事情，你沒有想法嗎？」

「我並沒有特別的想法呢。小嘍囉們想做什麼都與我無關。回頭見呀，鈴音。」

龍園好像打算定期來報告。他留下這種話就離開了。

「真不知道他說的話有幾分真。」

我豎起指頭要她安靜。堀北擺出「他又來了？」的表情，但回頭望去並沒有任何人在。我就這樣沉默地探頭窺視龍園留下的椅子下方。

我確定之後就靜靜引導堀北，讓她窺視椅子底下。

那裡放了一支設定成錄音狀態的手機。那支手機正好收到一封聊天室訊息。不愧是被設定成完全靜音，因此聲音和震動都沒有。角度上無法看見所有內容，但我一瞬見看見「昨天很抱

歉——」這樣的文字。

是班級內起了什麼糾紛嗎？

我不想一直窺視椅子而自掘墳墓，於是就恢復了原本的姿勢。

堀北也立刻了解情況，她取出自己的手機，打出這樣的簡短文字。

『假如那支手機是他的，那我們就最好別說多餘的話。』

這答案沒錯。但也很難說是個正確答案。

這裡的應對雖然很困難，但是突然變得沉默不語也很奇怪。

「妳認為龍園說的話是真的嗎？打算弄清所有班級優待者這件事。」

堀北對於做出發言的我，瞬間感到不知所措。但她好像馬上就體察到我的意圖。

「誰知道。不能說是百分之百。不過……我認為有可能。這次考試應該說不上是時間充裕呢。」

「妳也真辛苦耶。」

「我可是會要你像我的左右手一樣，作為打雜來替我辦事。我們有必要盡早找出小組優待者呢。」

「真是說得簡單。我不可能找到吧？」

「我對你沒有過度期待。我只不過是想要兔組的消息。」

我們在某程度上加深信心，同時宣傳堀北的有才幹，和我有多麼無能。藉由這麼做也就能在某程度上避開懷疑的眼光吧。無論如何，龍園甚至都使用自己的手機來探查情況。也就是說，若是能使出的手段，他應該什麼都會去做。

「假如妳沒有過度期待，那我就自己看著辦嘍。」

堀北之後就沒特別留下什麼話。她在電梯前方止步，按下按鈕。她是要回房間稍作休息嗎？或者是要去研擬為了在考試中勝出的策略呢？

我就這麼放著應該是龍園設置的手機不管，然後離開。

分開之後，我也回了自己房間。

就也從平田那邊詢問有關堀北小組的詳細情形吧。

幸好我和跟堀北配成隊友的平田同寢。

他應該用了與堀北不同的觀點在研究考試。

然而，即使回到房間，我也沒看見平田的蹤影。房裡只有同寢的室友幸村，露出嚴肅表情坐在床緣。

「怎麼了？」

既然同寢也無法視而不見，我於是向他攀談。幸村發現了我，但也對我不感興趣似的靜靜嘆氣，像在自言自語般如此嘟噥道：

「什麼怎麼了，是先前分組的事情。為什麼我會跟輕井澤或外村同組啊。本來可以順利進行的不是都會無法順利了嗎？」

「怎麼突然說這個？」

「你沒聽說嗎？傳聞中編列出來的小組裡存在某種程度的規律性。既然聽說優秀的人集中在龍組，我就無法默不作聲了。」

原來如此。所以他才在煩惱嗎？至少堀北隸屬的龍組確實是以此為標準。

這點從上次老師們或龍園的話看來應該也沒錯。

光是比較學力，幸村的等級也不遜於堀北或平田。

正因如此，他應該很不服自己被分入位於中間到中下的兔組吧。

幸村在我本人面前貼心地沒說出我的名字，但在他眼裡我跟他們兩個是一樣的吧。很遺憾，我沒有任何幫得上忙的地方。

我一面附和他，一面隨便聽聽，就回到自己床上躺了下來。

我就先睡一覺直到平田回來吧。我這麼想，卻莫名感受到了視線。

幸村用充滿懷疑的眼光看我，這也理所當然。

「綾小路，為了以防萬一，我想先做確認。最後一個優待者不會是你吧？」

「我才正想否認不是自己呢，但確認這件事有意義嗎？」

「當然。這件事當然有必要固守到底。因為這場考試上合作是不可或缺的呢。反過來說，只要合作就不會輸。」

「是啊。但很遺憾，我不是優待者。」

「是真的吧？你應該沒有因為私慾而打算得到點數吧。」

既然這是那種會想去懷疑他人的規則，我就不該對幸村的反應感到驚訝。

「我不是優待者。我可以相信幸村你也不是，對吧？」

「嗯，當然。我也不是優待者。順帶一提，外村也不是。」

這是身為夥伴的再次確認。這也可以說是形同「你可別背叛」這樣的約束魔法。

「我也和輕井澤確認過了。她本人說自己不是優待者，但能不能相信又是另一回事。」

幸村平時就鄙視、討厭輕井澤。只有口頭上保證，他好像沒有完全相信。只要在手機上確認就會正確無誤，但是在淺薄的關係上，這件事意外地很困難。不，這件事應該比較近似於——就算關係親密也要有禮貌。這就像是即使可以問對方存款，也很難讓對方給自己看存摺。

幸村好像暫且心滿意足，於是沒有繼續深入追問。

我將枕頭鋪在頭下，接著閉上雙眼。房間裡有其他人在，我靜不太下來。但這情緒並不是不愉快，而是好像有點開心。如果針對交友關係的話，我不是那種像變色龍一樣可以展現柔軟適應力的人。不過，即使對象是我很少接觸的幸村，我好像也開始把他當成朋友了。

身後不時傳來幸村的嘆息。我決定小睡一下。

1

到了下午，隸屬兔組的我再次來到相同的房間。

即使是同樣的場合、同樣的空間，氣氛也會因為和怎樣的對象在一起而完全不同。

我在考試開始十分鐘之前最先抵達。下一個前來的是輕井澤。

她一看見我就瞬間露出嫌惡的表情，但馬上就別開視線，坐在房間角落（正確來說是離我最遙遠的位子）。然後拿出手機滑了起來。

我和她並不要好，我們也並不是吵過架，我只是被她討厭而已。

不過，我在想這其實意外地說不定是最麻煩的關係。

假如是有什麼原因被討厭，那還有改善的空間。然而，若只是莫名被討厭的情況，就不存在像樣的解決方案。真是惡劣。

一之瀨他們過來之前的期間，我也可以在走廊上打發時間。但是先到的我就因為尷尬而離開房間，這除了戰敗而退之外，應該什麼都不是吧。

我打算在此像個男子漢堂堂正正。為了重振心情，我端正了坐姿。

話說回來，這場考試從我的角度看來，是個最麻煩的情況。只要考試內容以對話為中心，無論如何積極參與都相對困難。先不論我自己擅不擅長，在第一學期結束的現階段，我也不能突然變得健談。

輕井澤好像不打算在寧靜的房間裡乖乖度過時間。

「啊，喂？莉乃？現在妳那邊情況怎麼樣？我這邊？啊——該說我這邊真是糟透了嗎？總覺得受夠了。」

她們的對話在兩人獨處的房間裡當然也聽得很清楚。輕井澤開朗與鬱悶交織的巧妙對話內容傳了過來。她所謂糟透的狀況，應該就是在說兩人獨處的這種尷尬情形吧。她之後立刻結束通話，寂靜的時光隨之到來。

「啊——對了，你是優待者嗎？幸村同學和外……同學好像不是呢。」

這樣的聲音傳了過來。妳好歹也記住外村的名字啊……

房間裡只有兩人。看來被搭話的人好像是我。

剛才我也被幸村問過這件事。大家應該都非常想確認吧。

「不是。」

「是喔，那就好。」

然而，她和幸村不同。沒有積極地來確認我真正的想法。

「妳願意相信我嗎？」

「啥？你應該不是吧？」

即使說客套話，我和她也不是很要好。她對我的話相信得真乾脆。

……哎，應該沒必要特地追究。這場考試上，我追求的目的不是點數。辨別這個叫作輕井澤惠的人物能否成為「有用的東西」才重要。

「你們兩個都好早到喲——」

B班三名成員同時到來。

「今天也請多指教喲。」

我微微舉起手，回應這句話。一之瀨也有對輕井澤搭話，但她把注意力集中在手機，沒表現出像樣的反應。

所有組員當然在討論之前都到齊了。然而，情況和昨天完全沒兩樣。

A班離了一段距離。只有除此之外的三班圍成了一個圈。輕井澤看見這個情況，就起身改坐到町田的隔壁。這也能理解成是對真鍋的防禦策略。町田幾乎沒參加討論，但是他的存在感很強，發言權也很強。也因為男女之間的差距，以真鍋她們由女生構成的C班看來，這個狀態可說是束手無策。

萬一輕井澤把不值得依靠的我或者博士當作夥伴，真鍋她們就有逼近自己的可能性。這麼一想，輕井澤的判斷應該就能說是正確的吧。

「沒事。要是發生什麼，我會馬上幫妳。」

「謝謝你，町田同學。」

因為輕井澤數度前來依賴自己，町田也很在意輕井澤。對方是個外型可愛的女孩子，會想保護她也沒辦法吧。這點就算班級不同也是如此。

那麼，就先把（危險的）嶄新戀情的開始放在一旁，問題在於考試這邊。

別班應該也和我們一樣了解。

了解自己班上優待者的有無，就是決定勝負的關鍵。

「那麼——自昨晚以來討論就是兩條平行線。但我還是認為大家應該要舉行找出優待者的討論。」

「又是這件事？妳也差不多該認清這不會成立了吧。在我們不參加的情況下根本不可能找出優待者。」

A班傳來瞧不起人的奚落發言。

「我覺得也未必如此耶。主要是信任關係的問題喲。因此，今天我打算來玩個撲克牌。當然，不是強制參加，所以只要想玩的人參加就好喲。」

一之瀨拿出一副感覺是她帶來的撲克牌，然後露出笑容。

「哈哈哈哈！用撲克牌建立信任關係？無聊。」

「雖然你說無聊，可是試著去玩的話，可是會出乎意料地開心喲。再說，我想沉默地度過接下來一小時，可是會既漫長又辛苦呢。想成是消遣就好。」

B班理所當然似的所有人都表明參加。

「在下也要玩是也。現在也很閒。」

就如博士所言，哎，我們確實也沒什麼事好做。

好像沒有其他參加者，所以我也稍微舉起手表示參加。

「有五個人對吧。我想先玩大富豪，有人不知道規則嗎？」

我在某程度上也對撲克牌規則有所掌握。我也知道大富豪這款遊戲。其他每個人好像都沒問題，我們於是順利圍成一個玩遊戲的小圈圈。

除此之外的人都不表示興趣。他們有的閒聊，有的對我們投以冷淡視線，隨意度過考試時間。

一之瀨把確實洗過的撲克牌平均分給五個人。我手上有一張鬼牌，其次是三張點數很大的二，然後還有兩張A——我手上匯集這般強烈凶狠的牌。我在發牌的時間點就勝過別人，但是大富豪未必是用強大排組決定勝利。只要革命發起，手牌一口氣發生弱化，就會是敗北的危機。

雖然這麼說，但我無疑處於優勢。我應該要用穩健戰略來使用手牌。

話說回來，撲克牌這遊戲比我想像的還深奧。

因為會清楚顯現玩家的人格。一之瀨不僅顧慮自己的手牌，還會配合對方狀況來戰鬥。濱口則會在最後局面主動出擊。我不僅看得見富有個性的戰略層面，也看見博士因為小事而動怒的性格之類的事情。

「再玩一次！」

我還以為熟習於宅宅相關資訊的博士，擁有比較沉穩的性格。但我逐漸了解他是一競爭勝負就容易入迷、容易生氣的那類人。

而且，他還是容易入迷，卻也容易失去興趣的性格。結束一場遊戲他就會暫時恢復。

一之瀨說不定就是瞄準這點。

藉由掌握各個學生的特徵，連結至進行對話的提示。

這只是很微小的要素，不過在連對話都無法隨心所欲進行的現狀下，這是個很有效的手段。

這樣的話，那我應該視情況為——我的行動也和博士一樣逐一被觀察。

從一之瀨角度看來，她會如何看待我呢？我試著客觀地看待自己。

……實在是個很無趣的男人。

手牌如果很好就會積極，狀況差就會被動。這是常有的萬般性格。

與其在此勉強改變決勝負的做法，讓一之瀨混亂，我還是貫徹做法比較好吧。我就這樣繼續進行遊戲。從大富豪開始，到最後的抽鬼牌，我們盡情玩了大約五款遊戲，然後一小時就過去了。結果，A班和C班都沒表示參加，參加遊戲的從頭到尾都維持五人。

「呼——真開心是也。偶爾玩懷舊遊戲也不錯呢。」

從博士角度看來，玩遊戲比耗費一小時還好很多，因此他看起來很滿足。

然而，即使重複這種如心理戰的遊戲，B班也不會看見真正的活路。這一之瀨也很清楚。

「那麼——我先離開一下喲。」

「請問妳要去哪裡呢？」

「我不能就這樣允許A班順利取勝。」

「妳要去見葛城同學對吧。」

看來一之瀨策劃接觸指示堅守作戰的男人。對基本上和別人不存在羈絆的我來說，應該要好好利用這發展。

「假如方便的話，我也可以跟去嗎？」

「嗯？完全沒問題呀！難道綾小路同學你也要找葛城同學？」

她應該不是在戒備，而是純粹感到疑問。一之瀨歪歪頭。

「不是啦。因為堀北好像也跟那個葛城同組。」

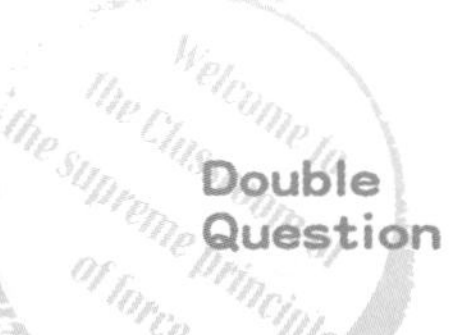

「這樣呀這樣呀。那我們一起走吧。待會兒見嘍，濱口同學。」

一之瀨心裡好像完全理解，認同地點頭。濱口就這樣目送我們。

即便一之瀨位居領袖，濱口似乎也尊重她個人的活動。

這和葛城或龍園那種率領手下般的立場又不一樣了。

既然同時進行討論，那解散時間照理也差不多。一之瀨為了在龍組解散前抵達目的地而快步出走廊。

「稍微加快腳步吧。」

一之瀨簡單知會我一聲，就稍微快步朝著目的地前進。

各組房間都在同一層樓，所以我們比較不需要花太多時間就可以抵達。

考試結束才經過一兩分鐘左右，走廊的學生人數還很零星。

不久，我們就抵達了裝飾著龍組門牌的一個房間前。

雖然聽不見裡面的聲音，但我們感覺到房裡還有人的動靜，於是停下腳步。

還沒有任何人出來。這也代表他們正在舉行很長的討論吧。

我試著傳送訊息，但堀北沒有已讀的跡象。

「好像相當耗時呢。」

「真難想像龍園或葛城會舉行討論耶。還是說，是B班的力量發生作用呢？」

「不知道耶。神崎同學也不是會統合場面的那類人……如果要整合話題，應該會是堀北同學他們那些D班學生吧？D班陣容成員也很不錯。」

先不說堀北，我也不禁認為如果是平田和櫛田或許就有可能。

在超過規定時間大約十分鐘時，龍組房門打了開來。

率先出房間的是葛城。一之瀨為了和他對話而前來此處。他身後有同樣是A班學生們的身影。葛城隨即察覺一之瀨，而把臉面向她。

「是一之瀨啊。妳在這種地方做什麼？似乎也不是出於偶然。」

「我有些話想對你說呢。能耽誤一些時間嗎？」

「這場考試的間隔很長。時間多得發慌，所以沒問題。」

他再怎麼說好像都不會無視身為B班領袖的一之瀨，看來答應了進行對話。葛城允諾後，就指示身後學生們先行離開。

「留下我應該沒關係吧？」

一之瀨沒有異議，輕輕點頭。我們為了不妨礙行人通過而稍微靠牆集合。

我不知不覺地加入談話的一員，站在一之瀨身旁。從葛城看來，我好像只被他當作是湊熱鬧的。他沒特別深究什麼。

「我想若是你的話，應該已經對事情內容有頭緒。不過，你請所有小組拒絕討論是真的嗎？

假如是這樣，你能不能再重新考慮一次呢？這次考試是以對話為基礎來找出答案。這樣考試本身就不成立了吧？」

Ａ班在共計三次的討論上都貫徹沉默。這個鐵壁戰略應該不是一之瀨單槍匹馬就能擊潰的東西。就一之瀨立場來說，這行動也可以說是在尋求擊潰Ａ班大本營的契機吧。那麼，葛城的反應是……

「這是極為理所當然的疑問。這種商量我在昨天階段就已經被追問到耳朵都長繭了。以妳來說，這甚至能說是相當晚的接觸呢。」

大家好像比我想像中還更清楚這是葛城的作戰。

「我也有我的苦衷呢。所以，葛城同學。關於剛才的問題，我無法贊同阻斷對話的想法。能不能請你重新考慮呢？」

葛城對三班不斷前來訴求的議題直截了當地拋出自己的想法。

「無論是誰來問，我都會回答相同的答案，我為了勝利而定下這項戰略。我自認當中有規規矩矩的理由。妳認為這次考試是先要有對話，所以才會否定地說無法贊成，但這是不對的。這次是一場Thinking、思考的考試。妳要是放大解讀這點並且誤解，那就傷腦筋了。我可是有好好依據考試去思考才想出拒絕討論的做法。這沒有任何問題。」

「但若是葛城同學你的這種想法，看來就像是在拒絕考試呢。」

「這話很難聽，但是沒錯。不僅是在這場考試，今後考試我也打算尋求不會造成結果差異的計畫。這作為維持我們A班目前位置的手法，我認為沒有任何不對。」

「如果這是班級之間對抗的考試的話吧。我想葛城同學你的想法沒有錯。可是現在是混合所有班級的考試。這真的就是正確的見解嗎？」

一之瀨為了改變不回應討論的A班而接觸葛城，但這次葛城的意見是正確的。考試結果有四種。只要按照其中某一項，正當性就會成立。葛城不過是對組內小規模競爭之類的沒興趣，而採取徹底維持A班領先的手段。

「妳應該清楚繼續討論也沒意義吧，一之瀨。我不會改變想法。」

「這就是所謂不動如山嗎？」

「真是敗給你了呀。」一之瀨苦笑說道，一面搔搔後腦杓。看見她毫不氣餒的模樣，她應該早就很清楚葛城不會奉陪。這應該是「運氣好的話或許會成功」如此程度的期待。

「妳打算掙扎嗎？」

「當然，畢竟這是考試呢。」

一之瀨和葛城兩名實力者的想法互相碰撞。

「很遺憾，我已經看得見這場考試的結果。既然我們A班表明不參加，你們能做到的事情就會受限制。你們是不可能會有勝算的吧。」

即便三班團結起來，這也不是能簡單取勝的考試。只要揭穿優待者真面目，任何人都會背叛。既然叛徒會得到好處，就很難維持合作關係直到最後。不能平均獲得報酬的話，也不會產生合作的理由。

「我想問妳一件事。假如妳是A班領袖，妳會怎麼做？難道妳不會展開相同作戰嗎？」

「誰知道呢？我還沒辦法以A班立場來思考。如果要變成被人追趕的那種立場，我想在累積追趕別人的經驗之後再開始就好。一開始就不斷逃避，豈不是很辛苦嗎？」

葛城看起來就像覺得自己提了蠢問題，他閉上雙眼，雙手抱胸。然後再次和一之瀨對上視線。

「這是我個人的想像，但就算妳和我站在同樣立場對話，我認為妳也會得到和我相同的戰略。如果是為了保護自己班級，應該也不會在乎別人的批判等事情。」

覺得一之瀨擁有與自己相同信念的葛城如此宣言。

一之瀨對這份解讀露出溫柔的笑容，輕輕帶過。

「很抱歉耽誤你的時間。我隱約能理解了呢。理解葛城同學你的心情和想法。」

「那就好。那麼我告辭了。」

一之瀨在原地一動也不動地目送葛城。

「這場考試從防守方看來還真輕鬆呢——因為只要不做多餘的事情就好了。」

關於這點，想要點數的班級就得在摸索過程中拚命蒐集線索。那裡也糾纏著很大的風險。如果猜錯優待者，就會給班上添極大的麻煩。

「話說回來，神崎同學他們都不出來呢。」

葛城他們A班動作很快，可是除此之外沒有人沒現身。

規定一小時，是最低限度的決定事項。就算講超過一小時也沒問題。

「妳打算等神崎同學嗎？」

「綾小路同學你在等堀北同學，對吧？我也想問她事情，我們就一起等吧。」

她應該隨時都能和神崎說話，不過跟堀北談話的機會卻很有限。

雖然很遺憾，但既然被葛城隨便應付，或許她是想要尋求別班意見。只不過，我不認為會有那種擊破葛作戰的手段。

我們接著又等了三十分鐘左右。龍組房門終於開啟。出來的是除了龍園之外的C班學生。接著是櫛田和平田。

「咦？綾小路同學，你在這種地方是怎麼了嗎？難道是在等堀北同學？」

櫛田看見我，就好像覺得很不可思議似的靠過來。昨天的光景瞬間閃過腦海，使我的身體僵硬。但櫛田好像回到了平時那樣，沒有別異常的地方。真是有點遺憾。

「妳好，櫛田同學。」

「哇，一之瀨同學。該說總覺得好稀奇嗎？這還真是令人意外的組合呢。」

櫛田好像不清楚我們認識，藏不住心中的驚訝。

「我們在等堀北同學和神崎同學，他們還在討論嗎？」

「若是那兩個人，他們現在好像在和龍園同學說話喲。要不要進去？」

櫛田像在說請進似的把手放在門上。

「不用啦不用啦。假如正在討論，那我就等他們。」

「應該沒關係吧。妳看，考試規定也只有一小時。若是除此之外的時間，進出都是自由的喲。再說，裡面情況也不一定就是在討論關於考試內容嘛。」

櫛田用可以視作是有點強硬的態度打開房門，邀請我們入內。

我跟著無法徹底拒絕邀請的一之瀨走了進去。

我和平田只有簡單用眼神互相打招呼。

房間裡的三個人稍微保持距離坐著。簡直就是三方互相牽制的狀態。

雖然狀況不急迫，但是氣氛也不輕鬆。這異樣的空間裡的三人，因為外人的進入，視線都各自望向了我們這邊。堀北和神崎的表情沒有特別改變，不過龍園好像是覺得什麼事很有趣。他輕輕發出笑聲，舉手呼喚一之瀨。

「嗨，妳是特地過來偵查的嗎？別客氣，坐吧。」

「這組合還真是相當有趣。我對你們在規定時間外討論什麼很感興趣呢。」

「呵呵。應該也是啦。我本來以為妳和神崎會在這個地方呢。可是揭曉之後妳卻在別組。而且，居然還被分派到糟糕到沒藥醫的爛組。還是說，妳就是這種程度的人？」

「討厭耶，龍園同學。不管是什麼戰略，畢竟這校方決定的事，詳情我也不清楚呢。我們只是在用學校給予的情況及資訊戰鬥而已。如果照你這說法，那順序不就顛倒了嗎？也就是學校是故意分組的嗎？」

一之瀨表現得什麼也沒發現，但龍園不是那種會輕易相信的男人。他一邊輕笑，一邊縮短與一之瀨之間的距離。好像沒把我放在眼裡。算了，就我個人來說，這樣才比較值得高興。

「要是妳沒發現，我就告訴妳吧。這次所有分組明顯都是由老師們刻意決定的吧？這麼一來，B班第一的妳會落選，其中理由又會是什麼呢？」

「咦——這不是隨機，而是指定的小組呀。我是有發現你們小組都是由優秀的人們組成。其他組別也都是指定分配的，對嗎？謝謝你，我很感謝你的忠告。不過，你對我說出這種資訊不要緊嗎？」

一之瀨就像是在說這全都如她所料，而如此迅速答道。我沒有漏看龍園臉色有所改變的這件事。人如果有自己無法想像的事實，通常都會感到驚訝、不知所措，抑或是報以懷疑的眼神。但一之瀨沒有表現出這些反應，還對忠告表示感謝。這反應並不尋常。這當然可以想成是她故意佯裝不知。假如把一之瀨開朗爽快的性格加進來考慮，或許就可以理解成——她明明知真相，但是打算隱瞞。我不清楚龍園是否把人的本性理解成是「利己」，但是他非常有可能會從一之瀨的反應，直覺發現她是在裝傻。雖然只是一句對話，但給予對方的資訊量卻超乎想像地龐大。

這個情況之下，一之瀨有沒有發現校方刻意決定學生分組已經不太重要。她為何要隱瞞、抱著什麼心態不說出口，才是最重要的事情。彼此揣測、互相競爭就是這麼回事。

「話說回來……」

龍園有點傻眼地對我輕輕一瞥。

「雖然我也非常好女色，但你的程度卻在我之上耶。鈴音也好，一之瀨也好，你老是跟在人家屁股後面。」

我沒有這種打算，可是被這麼一說我也無法否定。對龍園來說，他也並非對我有興趣吧。他沒有繼續對我說什麼話。

「妳來得正好，一之瀨。我對妳有個有趣的提議喔。」

「提議？我就姑且聽聽。是什麼提議呀？」

「那是件無趣的事。光是聽他說就是浪費時間。」

堀北好像已經聽過那項提議，而一刀斬開似的予以否定。

「這是為了擊潰A班的提議。我不認為是壞事呢。鈴音和神崎好像都表示反對。」

「那是怎樣的內容？」

「我稍早有和鈴音說過了，我已經掌握C班所有優待者。」

龍園如此開口。就像葛城有他自己的想法那樣，龍園也說出他自己的計策。

這是比早上階段還更進一步的提案。

「三班共享資訊——共享所有優待者的資訊，然後揭穿校方的規則。」

也就是說，正因如此他們三人才會聚在一起吧。

「這好像是個相當大膽的點子，但我不覺得這是很實際的事情呢。說起來，龍園同學你掌握C班所有優待者的事情是真的嗎？」

「妳無法信任我是當然的。那麼就只有這次而已，要我立下誓約書也好。寫下互相分享A班的優待者一事。這樣除了A班之外的三個班級都能往上逼近。」

這提議是——假如A班要徹底否定對話，那我們就團結起來這種非比尋常的策略。

「就算寫了誓約書，既然不知道誰會如何背叛就沒意義。要是C班背叛一切就結束了。」

堀北會這麼拒絕，也是很自然的發展。就算以我所持的消息當作基礎，龍園好像從前就在和A班聯手。然後，龍園在無人島上的考試也早已做出背叛行為。即使如此，葛城也沒流露出不平、不滿，應該也就是這男人手腕高明的證據。

作戰本身不是個壞提議，但提議者如果是龍園，就不可能順利進行。

「堀北同學說的雖然也是正論，但如果我們無法像龍園同學這樣掌握優待者身分，那這就是難以達成的提議呢。」

「就算妳故意裝作不清楚也沒意義吧。妳不可能對班上實際狀況沒有把握。」

他們兩個都面帶笑容，但氣氛卻瞬間劇烈改變。這氛圍微微刺痛著我的肌膚。

「你太高估我了喲。這是我想都沒想過的事。我也沒有這麼受信任喲。再說，這是高風險、低報酬的事。我實在無法答應。」

「就算是祕密主義也好，但能出手的時候可就應該出手喔。」

「從你看來的話應該是這樣吧。你現在強硬蒐集資訊，只要撒網搶奪的話，要升上B班也不是夢呢。」

「如果D班的堀北同學也反對，說起來這項作戰就不成立了呢。」

「這也難怪。因為鈴音有即使想要贊成也辦不到的理由呢。」

「……這什麼意思？」

「妳也很清楚吧？這項作戰必須完整掌握自己班級的詳細情況。D班完全沒有團體合作，是不可能執行的，對吧？班級分成兩派的A班應該也辦不到。」

氣氛發展又改變了。這次是那種混濁且沉重的空間。

「不過，若是支配班級的我，以及擁有極高人氣的一之瀨，這就是能做到的方案。我剛才雖

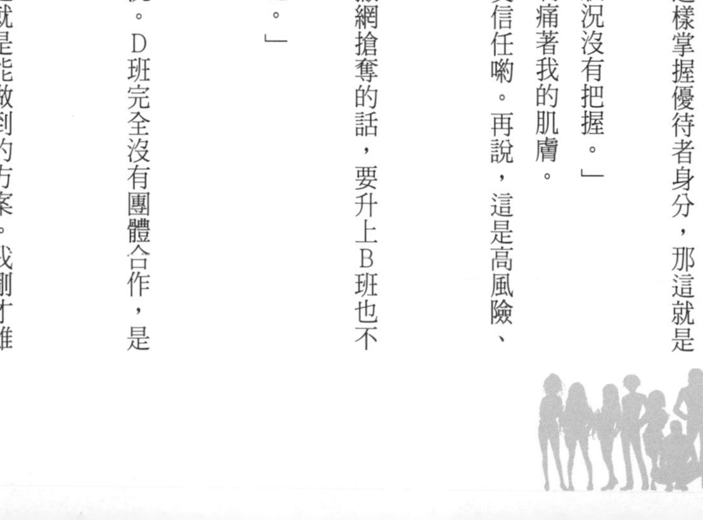

然提出三班聯合作戰的提案，但這件事即使是兩個班級也有可能實現。看穿規則的準確性說不定會下降，但是我會設法辦到。這麼一來，A班和D班就都會形同於赤裸。」

這是關係要好的兩個班級，互相分享D班和A班優待者的提議。

「但似乎高估妳了呢。」

趨勢又再次出現變化。改變趨勢的人是龍園。

龍園在堀北與我，以及櫛田這些D班每個人都在場的情況下發表自己的點子。龍園期盼B班倒戈合作的態度讓人無法理解，而且毛骨悚然。

假如這不是故弄玄虛，那龍園藉由知道班級優待者，或許就快要掌握到什麼了。接著，再一步他就能抵達那裡。

如果真是這樣，對D班來說，這就會是個非常重要的關鍵吧。

「雖然很多管閒事，可是這應該還是不會成立吧？」

我本來決定靜觀其變，但是我判斷堀北的態度在此會招致惡果。

就算一之瀨和D班聯手，我們也不曉得可以相信她到什麼程度。既然這樣，現在留下一之瀨和龍園聯繫的可能性就非常危險。

「跟屁蟲，你聽得懂剛才的事情喔？」

龍園調戲似的笑著。我也決定不要花招，拋出老實的意見。

「假如B班和C班聯手，下次不就會是A班和D班聯手了嗎？現在D班缺乏統一，但是我覺得如果確定會輸，再怎麼樣我們也會團結起來。這點我想A班也一樣。」

「我和一之瀨聯手的事實，不必在這個瞬間就決定。你也沒有手段來確認合作有無。你以為用這種不確定的要素葛城就會合作嗎？」

葛城確實是個謹慎的男人。他應該不會沒根據就輕易行動。不過，正因為他曾經被龍園重重打擊，照理說應該會有交涉空間。

堀北因為我說出的這席話，也發現不能讓這種關係成立。

「這種討論是不會有未來的呢。最後只會變得要互相擊潰對方。」

「這話是什麼意思，鈴音？」

「以綾小路同學來說，他算是有講到重點呢。如果你們打算繼續在此進行協商般的討論，那我方也只會以『你們有合作』當作前提來採取行動。事情僅只如此。」

「正合我意。我可是很期待你們能不能建立起合作關係喔。是吧？」

龍園四處隨意散播敵意，同時還厚顏無恥地向對手伸手。堀北對這點則表現出奮戰到底的態度。這樣才會連結至制止一之瀨的效果。

要是B班現在在此背叛D班，B班就會被所有班級理解成是叛徒吧。

為了獲得點數，無論在怎樣的時間點都會背叛對方——如果附上這種頭銜，在還很漫長的學

校生活裡，就會成為一件扯後腿的事情。

「抱歉呀，龍園同學。B班裡面也有因為你的行動而受傷害的人。假如只是可能會獲得點數這種理由，我無法輕易和你合作。」

「這樣啊，這還真遺憾。」

他看起來一點也不遺憾。因為他起先就是在不會成立的前提下行動。

龍園站起身打算出房間，和我們錯身而過。

在離開之際，龍園又再次看了我一眼。

說不定這是他無意間的舉止，但他碰巧與我視線交錯。

「……應該不可能吧。」

我對於豎起耳朵才勉強聽得見的話當然沒表示反應。

龍園輕輕左右搖頭，接著離開。

「啊，我也差不多要走了呢。因為我被朋友約出去了。」

櫛田稍微道歉，一面離開房間。結果，留下來的是平時的成員。

「呼——好像被看穿各種事情了呢。啊哈哈。」

一之瀨沒特別焦急，輕輕嘆了口氣。

「感覺好像很辛苦耶。被那種人給盯上。」

「他名字裡雖然有龍字，可是他卻是蛇呢。我感受到他那發現獵物就會咬到底的執著。可是現在比起我，堀北同學你們應該才辛苦吧？龍園同學就不用說，A班應該也正戒備著你們。以B班立場來說，想到和他們遲早會成為敵人，我就覺得擔心。」

哎，也是。至今完全沉在谷底的D班，在無人島上的考試一口氣嶄露頭角。對別班而言，那件事實表示D班搖身一變，成了該戒備的存在。

「沒問題吧。堀北不是會被注目或壓力給擊垮的貨色，對吧？」

「當然。」

——就是這樣。即使是在虛張聲勢，但藉由這麼做，反而也可能發揮她真正的價值。但是唯有這點，我並不清楚會在何時發生。會是在今天嗎？還是是十年之後呢？不過，我們多半都是在發揮真正價值之前，在長大成熟後就停止成長。

「堀北同學，還有綾小路同學。知道我們合作關係的人都到齊了，所以我就問嘍……妳認為這次考試上會成立跨班級的合作關係嗎？」

「雖然沒必要特地敵對，但要提出合作應該也很困難呢。因為在考試構造上就算兩個班級合作也會很不完整。況且，全體D班和B班不可動搖的合作才是必要條件。我不認為這會成立。」

「嗯，不愧是堀北同學。妳對考試很了解呢。龍園同學的點子是紙上談兵。和妳聯手果然是正確答案。」

面對和自己價值觀相符的堀北，一之瀨看起來好像有點開心。

「嗯，龍園同學的作戰告吹。我們大概可以不必擔心了。問題是葛城同學的堅守作戰呢。你們試著和他本人說話，他的反應感覺怎麼樣？」

一之瀨向堀北和神崎詢問葛城的情況。

「我昨天也報告過了。剩下的小組也都同樣是那種冷淡態度。搭話的話是有回應，但完全感受不到他們想參與對話的意願。考試結束為止他們都不會打亂立場吧。即使葛城不在妳那組，他們態度也一樣嗎？」

「嗯，我這邊也不行。果然只能用其他方法接近了呢。」

剩餘的接觸次數是三次。各組必須只利用這些機會找出答案。

——為了全班，或為了小組，抑或為了自己。

「那麼，我要回房間了。」

所有人出了龍組房間之後就隨即解散。堀北回了自己的房間。

途中，等待一之瀨的濱口前來會合。

一之瀨目送堀北的背影之後，就面對我如此開口：

「如果可以的話，你能不能稍微陪我一下呢？」

「嗯，這沒問題。」

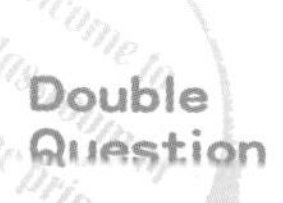

我附近有一之瀨他們B班三名學生。總覺得有點不自在。

接著，我們和神崎分開。我和剩下的人走出甲板，穿過已經切換成玩樂模式的學生們，在適當位置停下腳步。

「雖然堀北同學那麼說，但我認為我們有能夠合作的空間。」

「能夠合作的空間？」

「嗯，我雖然很驚訝A班對我們保持距離，不過我認為這是機會。我在想為了這件事，是不是有必要把一切都攤開來。」

「把一切都……？」

「這場考試歸根究柢，課題是找出優待者吧。既然這樣，我覺得盡量增加不是優待者的人物，並且提高正確率才是常規。所以我才要和你說……我並不是優待者。然後，我打算找出優待者，並替小組帶來勝利。」

一之瀨看著我的雙眼，如此清楚說道。她還這麼補充：

「假如我是優待者，我想我會徹底隱瞞身分。即使被你問也一樣……理由很單純，因為我會為了B班竭盡全力。」

那句話使我籠罩在難以言喻、謎樣的氛圍之中。

就我觀察一之瀨至今行為看來，我對她現在這招感到疑惑。

假如她要在現在這個瞬間說出一切並尋求協助，就應該更深入要求。自主性出示手機，並且想要事先贏得百分之百信任，才合乎常理。

然而，一之瀨卻沒要這麼做的跡象。就連拿出手機的舉止都沒看見。

我應該把這發言理解成她是個單純的笨女人嗎？還是應該把這看成她在背後構想著某些情節呢？這非常困難。也許在此先表現出老實接受的態度才比較說得過去。

「……這樣很奇怪嗎？」

一之瀨看見我沉默，不安似的如此說道。

「不，抱歉。這並不奇怪。只是妳太坦率說出來，我很驚訝而已。一般情況不是應該會在這裡說謊掩飾嗎？說假如自己是優待者，就會選擇小組勝利的選項。」

「我不會在這種事情上說謊。考試上競爭時我也會撒必要的謊，但平時我會想盡可能誠實做人呢。」

「我會說出一切是為了班級光明正大地勝出。我認為藉由逐步鎖定對方是不是優待者，可以看見通往勝利的道路。啊，綾小路同學你可以不用勉強回答喲。我只是說出我的心情。因為我覺得要是把這點傳達給你，事情應該會比較容易進行。」

「即使沒辦法以最大限度發揮合作關係，但是先鞏固關係也不是壞事。要是我不在這裡回答，之後可能會傷害到這份關係呢。」

「不不不，沒有這回事喲！」

一之瀨急忙制止好像快要答覆的我。但我不該在此徹底隱藏。

剛才一之瀨說的話應該無庸置疑是真的。她就算在這裡成功欺騙我，背叛所得到的報酬也很微小。不惜毀棄與堀北之間的協定，來榨乾沉到最後一名的D班，是沒有意義的。雖然考慮可能性的話我無法百分之百否定，但不會有人一邊擔心被隕石砸中一邊過生活。我就老實且正確地傳達我在D班弄清的事實吧。

「我也不是優待者，還有幸村也不是。關於幸村，我可以斷言他絕對不是優待者。只是很遺憾，關於輕井澤和博士……不，是外村，我並不清楚他們的情況。另外我贊成妳的方針。我一點都不反對。」

幸村告訴我聽說輕井澤和博士都不是優待者，可是我最好還是不要未求證就全盤接受。輕率斷言不是，但如果他們就是優待者，我很可能就會失去信用。

我會斷言幸村不是優待者，是從那傢伙的言行、態度來判斷。總之，幸村無疑不是優待者。

「抱、抱歉呀。感覺好像是我硬逼你說出來。」

一之瀨像是被罪惡感襲擊，而低頭道歉。妳沒必要道歉。因為「不得不道歉的遲早會是我」。

「欸，濱口同學。可以耽誤一下嗎？」

「請問有什麼事呢，一之瀨同學？」

濱口感覺很沒緊張感。他一靠過來，一之瀨就開始把剛才的情況說給他聽。我一聽之下，很意外的是一之瀨好像隱瞞了她和D班有合作關係。我還以為照一之瀨的性格，她已經得到班上贊同了呢。

「既然已經從他那裡得到確認，那我也不能拒絕了呢。我也不是優待者。你可以相信我沒關係。」

想到他和一之瀨之間的關係，就算這是他自己說的，我也應該把它當作可信度很高。在此說謊的好處很少。因為敗露時，和堀北之間的合作關係很可能會出現裂痕。

但是，假如他們是採取徹底不露出馬腳的果斷作戰，就另當別論了。

「妳沒有確認自己的班級啊。」

若是備受愛戴的一之瀨，就算不使用龍園那樣的恐慌統治，感覺也能掌握全班的狀況。

「這應該是交給個人自主性行動的感覺吧。應該也會有想要點數的人。我也不能擅自調整他們被選作優待者的權利呢。」

「我想這很多管閒事，不過我也會去和剩下的一個人取得確認。要是他願意坦率回答，之後我就會向綾小路同學你轉達。」

「這還真令人感謝。不過D班的事情，我沒有可以告訴你們的耶。老實說，我們班說不上是

建立良好關係，問到的也沒有任何保證就會是事實。」

「嗯，沒關係。即使只有綾小路同學你願意幫忙，我就心滿意足了喲。」

這麼一來，我們三個就會在站在公平的立場互相討論。兔組的合作便成為可能。我、一之瀨、濱口，以及從言行態度看來可以確定不是優待者的幸村——除去這四個人的話，目前優待者候選人就有十個人。當中無疑潛藏著優待者。

無論如何，這程序應該和無人島上找出領導者相同，又或者會是個比那還更難解的任務。正因如此，它才會作為考試成立。優待者角色應該也會感受到壓力，但要是小心不做出露骨行動，就可以隱瞞到底。儘管看起來很不講理，但學校舉行考試也有好好取得平衡。

「那麼，請問之後妳打算怎麼找出優待者呢？就算直接詢問，我也不認為對方會坦然出面。要像我們一樣只憑口頭就可以互相信任，應該很困難吧。」

「這次考試，不就是要對這件事設法做點什麼嗎？」

就是這樣。這是場難度非常高的考試。

我們有必要從想隱瞞事實的對象引導出正確資訊。

一之瀨藉由新的動作，開始替僵局帶來變化。

2

只要我們不是那種可以看透所有謊言的超能力者，要識破優待者身分就會很不簡單。

人是與生俱來的騙子。我們習慣說謊。

假如有不會說謊的人，那其存在本身應該就是個謊言。對人來說，我們和謊言有著無法分割的關係。即便是善意的謊言，它是謊言這點也是不變的。

至少，集中在這房間的學生之中存在一名優待者。

雖然距離考試開始還有時間，但我會像上次一樣最早過來，是因為想觀察所有人的舉動。晚上的考試上，最早過來的是C班的女生團體。

她們吵吵鬧鬧地開心笑談，一面進了房間。不過發現我坐在裡面，就有點不好意思地降低音量，與我保持距離坐下。

接著，幸村擺著嚴肅表情進了房間。他簡單和我眼神交會，就在附近坐下。看起來和平時沒有特別不同。

之後，前來的是A班一行人——町田、竹本，以及另一名森重。

他們一如往常判斷不必討論，因此就坐到最裡面的位子。位在C班女生們的座位旁。

「欸，町田同學。今天考試結束之後，要不要和我們出去玩？我們三個女生打算出去玩，但是找不到一起出遊的對象。」

「……這個嘛……」

雖然町田不參加討論，不過他的存在感在女生中很強烈。除了一之瀨或伊吹，女生好像全都對町田很感興趣。我才不羨慕他……或許只有一點點羨慕而已。雖然我不知道C班是否幾乎放棄找出優待者，或者說不定這也是戰略。他們邀了町田出遊。這麼做男女之間的關係應該會逐漸加深。

町田好像不是完全覺得不行。儘管露出思考動作，他看起來也有點開心。

接下來是D班的博士和輕井澤。與其說是一起過來，不如說好像是碰巧同個時間過來的，輕井澤露骨地覺得討厭。她一進房間，就像在和博士保持距離似的打算占住最裡面的位子。

「欸，那裡是我的位子耶。」

晚到的輕井澤鬱悶地瞪著先到的C班學生。

「我不懂妳的意思。什麼叫妳的位子？妳隨便去坐其他地方不就好了？」

看見其他女生親密地和町田說話，她就更加地顯露出焦躁。

「我要坐這裡。讓開。」

「啥？剛才我在跟町田同學說話耶。我們正在約他晚上出遊呢。」

「欸，町田同學，你也能幫我說話嗎？說要我坐在你隔壁。」

町田的樣子有點傷腦筋，看來在猶豫應該站在哪邊。然而，輕井澤立刻就了解這情況，於是擠進真鍋和町田兩人之間，握住町田的手。

「下次我們單獨出去玩嘛。還是說，你已經和這個人約好了嗎？我討厭腳踏兩條船的人，所以如果你要和這些人出去玩，這件事情就只好當作沒有了……」

嗯，這是在等人吐嘈嗎？她正在和平田交往，卻可以光明正大說出這種話。還真厲害耶。深受「單獨」這部分吸引的町田，好像決定好要選擇哪一方了。

「妳能不能讓位子呢？因為輕井澤中午也坐在這裡呢。」

「啥……？這什麼嘛。真是火大……」

C班女生彷彿在說我也不想坐你旁邊似的離開了那地方。

接著，輕井澤就滑進空出的位子，坐了下去。

她好像幾乎緊貼著町田……不，是已經互相挨著身體了。

我不覺得這種行為輕浮，應該是因為我已經很了解輕井澤的為人。

輕井澤正在和平田交往。雖然不曉得町田知不知道這件事實，但是與其說町田對輕井澤敞開心房，倒不如說是好像開始對她懷有好感。光論外表的話，她毫無疑問地很可愛。從被她喜歡的那方來看，或許就會變得想去保護她。

有趣的是，儘管這是昨天才剛成立的臨時小組，也已經開始產生蘊含權力關係的獨立生態系統。

落單的落單，獻媚的獻媚，控場的控場。不過，這和平時並不會完全相同。例如說，假如同地方有兩個控場角色，其中一方就會被篩選淘汰。這也是弱肉強食的縮影呢。然後，在這場競爭中落敗者，就會不得不往下降一個階級以上。根據情況不同，也會一口氣降到最底層，成為有跟沒有都沒差、空氣般的存在。要說的話，就是我這種人呢。

這場考試的有趣之處，即在於跟平時當作敵人在戒備的傢伙們編列到同組。

以在夥伴間擁有極高人氣為傲的一之瀨，明顯對敵人影響力很薄弱。假如是平田的話，他應該可以完成一個稍微團結的小組吧。

「各位，請多指教喲。」

一之瀨本人來到房間，替陰鬱的房間帶來活力。我想她立刻就察覺到現場氣氛沉重。她沒有貿然向大家搭話。

話說回來，輕井澤的行動太過強硬了，我有點無法理解。就算真的想和町田變得親近，也不必露骨地與C班女生起糾紛到那種地步。

只不過──我隱約覺得這件事好像和考試沒有直接關聯。

因為我第一學期認識輕井澤以來，一路都看著她的性格所致的種種行動。

不管是這次小組這種小規模，還是以班級為單位，輕井澤應該都希望自己是第一吧。當然，

要站在女生的頂端並不容易。假如是像一之瀨這種有向心力的才女就另當別論，但如果沒有擁有優秀能力，這也是沒辦法的。

可是，校園生活中「人際關係」才是決定金字塔階級制度上下關係的關鍵。事實上，輕井澤藉由強硬措辭與態度，在D班當上女生的領袖，甚至成為平田這個引領班級人物的女朋友。即使對男生也獲得很強的發言權。

假如把輕井澤這學期的行動套用在她現在的行為，那情況就會吻合。只要把感覺很不可靠的男生組員中最強勢，且做出自私回答的町田納入手裡，就能在這間房間裡握有主導權。

事實上，C班學生們面對這無法違抗町田的狀況，也都不甘願地作罷。

這樣的話，抱持被討厭的覺悟來支配場面，能夠得到的會是什麼？

優越感？

自我滿足？

自我展現慾？

雖然看不見根本，但我隱約看見諸如此類的某種東西。

「這樣不太好啊……」

「對啊，要是再這麼下去，就會允許優待者獲勝退場……」

坐我隔壁的幸村好像把我的話理解成擔心考試，而如此答道。否定也很費事，所以我就這麼隨便聽聽。

「那麼，這次A班也是不參加對話的感覺？」

「當然。你們就隨意討論吧。我們的方針沒有改變。」

威風凜凜如此斷言的町田身旁，有個抹去喜怒哀樂情緒的學生。據我所聽見的，A班現在貌似分成葛城派和坂柳派兩方。森重是無人島考試上對葛城舉旗造反的其中一名男人。

平常的話，他應該不會乖乖聽進葛城的意見，可是坂柳似乎因病缺席，沒參加這次旅行。既然請示的對象不在，就只好乖乖服從。應該是這樣。

我還以為D班在無人島考試上趁虛而入給予打擊，葛城是不是就會失去作為領袖的向心力。但他們好像不會因為那點事就瓦解。從森重這兩天貫徹沉默這點看來，他大概也認為這場考試只能忍耐。

「那麼，不說話過一小時也很浪費，我們這次也來玩撲克牌吧。」

一之瀨也習慣了。所以她在結束最初的確認後，隨即拿出撲克牌。

這場考試有各式各樣的研究方法。一之瀨想用正面對話來鎖定優待者，另一方面，葛城想藉由阻絕對話來求安定。龍園與所有人為敵，但他藉由掌握班級，正找尋著考試構造以及其根本規則。

然而——他猜對到何種程度，揭曉為止才會知道。

結果這次我們也專心玩撲克牌度過一小時，接著三兩下就解散。

雖然幸村拚命觀察周圍，但他似乎無法從大家身上掌握像是優待者的線索。

這點其他學生也全都一樣吧。然後，大家應該差不多下了結論——假如重複進行對話，優待者也不會出面。我觀察所有人離開房間的順序。

總是很快就出去的C班學生還沒有動作。相較之下，動作更快的A班，則一如既往最先出了房間。町田好像在和輕井澤交換聯絡方式。他留下一句「我下次會聯絡妳」就離開了。接著，幸村和博士也站了起來。

「回去吧。綾小路你也要走，對吧？」

「嗯。」

輕井澤幾乎與我們同時起身，她邊講電話邊站了起來。覺得有趣似的笑談，一面出了房間。C班的三個人接著走過我們身旁。

「你們不覺得剛才那三個人的樣子好像很奇怪嗎？」

幸村似乎也察覺異常變化，露出有點狐疑的表情。

「是這樣嗎？在下沒發現是也。」

先不管用亂七八糟語氣說話的博士，幸村感覺到的異樣感是正確的。看來C班那方似乎累積相當多的憤恨。

我和幸村悄悄從房門窺視走廊情況。

接著看見那三個人緊追在輕井澤正後方。我最擔心的是她們少了一個人。唯一對輕井澤沒興趣的伊吹不在。

「是不是要起糾紛了？」

「要怎麼辦？」幸村說道，並看向我。

「先追上去吧。我想這不會變成暴力事件，但也許會成為一場騷動。」

「真是的，輕井澤那傢伙。隨便就做出那種招人怨恨的事……我們找優待者可就已經竭盡全力了耶。」

我們決定讓博士回房間。我和幸村則靜靜追在她們四個人後面。

我們轉彎之後，就聽見緊急出口啪的關門聲。電梯並不擁擠，沒有理由使用緊急逃生樓梯。

也就是說，這是有其他目的。

「欸，妳們把我帶到這種地方想幹嘛！」

我偷偷打開緊急出口的門，聽見附近傳來這種聲音。

「別裝傻。是妳撞飛梨花的吧？我們就是要說關於這件事。」

「……啥、啥啊？為什麼是我？我不就說妳們認錯了嗎？」

她們三個圍住輕井澤，把她逼到牆邊不讓她逃走，但輕井澤就算在這種情況也不道歉，並否認自己與此事的關聯。真的是認錯人嗎？

「我接下來有事情，能請妳們讓開嗎？」

「既然這樣，妳就讓我們確認呀。我現在就把梨花叫來。然後，假如不是妳，我們就原諒妳。」

「我不懂妳的意思。我會跟老師告狀。」

「妳要跟老師說什麼？我們又沒施暴。既然如此，就算我們把妳撞飛梨花的事情當作問題，那也無所謂嘍。」

既然決定挑起爭端，對方好像也不打算作罷。她們抓住試圖逃跑的輕井澤的手臂，再次把她押到牆上，重新包圍起來。

一名女生為了和叫作梨花的人取得聯絡，開始操作起手機。

「等、等一下啦。」

看見這情況的輕井澤認清她們是來真的，於是就要求停止操作手機。

「幹嘛？為什麼我就必須等？」

「……我剛才想起來了。想起之前有人和我相撞的事。」

「少裝傻。妳明明一開始就記得。哎，算了。妳會好好跟梨花道歉嗎？」

「不是這樣，是那女的不好啊。誰教她很遲鈍。」

我還以為輕井澤要承認是自己的責任，沒想到她卻強勢地這麼一口咬定。儘管她非常清楚這會惹火她們。

「這傢伙真的讓人很火大。我明明才在想要是她和梨花道歉，就原諒剛才對我們做出的事。我不會再原諒她了。」

真鍋用手掌使勁推了輕井澤的肩膀。

「反正妳們一開始就不打算原諒我吧……」

至今一直站在真鍋身後，叫作山下的少女，因為輕井澤這句小聲吐出的話而理智斷線。

「小志保。我也已經達到忍耐的極限。我們或許真的不能原諒輕井澤。」

「是吧？我想她對梨花也絕對是同樣態度。要不要認真欺負她？」

這次，她比剛才還更用力地用手掌推了輕井澤的肩膀。

幸村一瞬間打算開門，可是我抓住他手臂制止了他

就算在這階段制止，她們近期內也只會再次襲擊輕井澤。既然這樣，讓輕井澤在我們監視著的現階段被她們稍微施暴，才會連結到今後抑制她們的力量。

依據程度不同，這也可能有效利用，威脅對方要去跟學校申訴。

最重要的是，我對輕井澤惠的存在本身看法現在正在改變。

「呼、呼……」

輕井澤的呼吸逐漸變得急促。她好像感受到痛楚，而用雙手按著頭。

這種痛苦模樣別說博得真鍋她們同情，甚至還更惹火了她們。

「事到如今就算妳裝得像個女生，我們也不會原諒妳。」

她抓起輕井澤的頭髮，強行抬起她低著的臉龐。

「我討厭輕井澤的長相。她不是長得很醜嗎？」

「真的。乾脆就把她的臉給弄爛吧？」

「住、住……住手……」

「哎呀，她說住手耶。妳剛才為止的氣勢都怎麼啦？」

只要越憎恨對方，就會越是徹底否定對方優點。

如果光論姿色全場都會一致認為輕井澤勝利，可是對真鍋、山下、藪來說，好像不連輕井澤端正的長相都否定的話就不服氣。

輕井澤開始顫抖起來，最後終於快哭出來，同時抱著頭一動也不動。

那模樣絲毫不留有平時的樣子。

人的本性在困境中才會顯露出來。

總覺得只要再一下，我就可以更詳盡了解輕井澤惠的事情。

然而，幸村好像無法忍耐，而表現出多餘的正義感。他不聽我的制止，打開了門。她們三個對於訪客的登場當然大吃一驚。另一方面，輕井澤就像是覺得自己得救似的瞬間露出放心的表情。

「妳們在做什麼？」

「在做什麼……沒什麼啊。欸，我們只是在跟妳說話而已，對吧？」

真鍋彷彿在告訴輕井澤「別說多餘的話」並瞪著她，但她不是會因為這種事就畏懼的人。

「欸，幸村同學。你跟她們說句什麼嘛。這些傢伙把我強行帶走，還對我施暴。真的是太差勁了，對吧？還說我很煩人，要我消失。」

平常完全不把幸村放在眼裡的輕井澤，應該覺得他能夠在這裡出現很令人感激吧。看得出來她有點放下心。

C班那方用力地瞪著我們。像是在說——這和你們無關吧？

「我們只是在幫忙解決輕井澤同學和梨花之間的問題。你們聽說她們相撞的事情了吧？」

「……和平解決不是比較好嗎？就算她們相撞，輕井澤好像也並沒有惡意。」

就幸村的立場，他也只能這麼回答。

「你閉嘴。這與你無關吧。」

「…………」

被瞪著這麼說，這回幸村也只能閉上嘴。

輕井澤用看著沒用男人的眼神望著幸村，同時靜靜拿出手機。

「趕快離開啦，否則我要叫人了。」

「什麼，妳要叫誰？平田同學？町田同學？還是說，妳這個公車女還有很多別的男人？」

女生之間的爭吵雖然很勾心鬥角，但這大概是因為她們和男人不同，很難藉由暴力來解決事情。對於被捲入的我們來說，這是個就連眼睛該看哪裡、耳朵該不該聽，都很傷腦筋的狀況。

「剛才老師就在附近喔，我想妳們最好還是快點走。」

我無可奈何地踏入緊急出口這麼說道，催促她們解散。

即使是C班，她們應該也不想要現在引起騷動。

「我絕對會讓妳對梨花低頭道歉。」

這是對方無論用什麼手段都會做到的威脅。輕井澤拚命擺出強勢表情，但我一眼就可以明顯看出她已到達極限。對方應該也感受得到輕井澤這種狀態。她們始終不斷表現居高臨下的態度。

幸村無法放著有點過度換氣的輕井澤不管，於是向她搭話。

「沒事吧？」

「別管我……！」

輕井澤啪地揮開幸村接近的手，讓幸村遠離自己。

「啥！我可是因為擔心才來看妳的狀況耶！」

「煩死了！沒人拜託過你那種事情！」

輕井澤如此揚言。她呼吸紊亂地踏出一步。

幸村彷彿被震住似的往後退一步。

我心想多一事不如少一事，也往後退下。輕井澤也強烈地怒瞪我，接著用力打開緊急出口的門，狠狠地關上。

「那傢伙搞什麼啊！每次、每次都盡是給人添麻煩……！」

我也不是不能理解幸村憤慨的心情。就算是問題製造者也該有個限度。

幸村好像很疲累，他沒有繼續說話，就離開緊急出口，回了房間。

我在變得沒人的緊急樓梯前，思考關於輕井澤的事。

統合D班女生的領袖所表現的這令人掛心的一面。

她剛才害怕的模樣，看起來不單只是因為受到威脅。

3

第二天結束後的半夜。白天籠罩喧囂氣氛的游泳池，現在完全寂靜無聲，沒有人煙。

我為了確認某事，而拿著手機等著別人。

學校分發的手機一開始就有輸入學校老師的信箱，因此和茶柱老師取得聯絡相較之下很簡單。這裡是我和老師碰面的地方。

雖然說是盛夏，但這裡是大海正上方。在高速航行的船隻上，夜風甚至讓人覺得寒冷。

「……讓你久等了，綾小路。」

「沒什麼關係。比起這個，抱歉這麼晚把您叫出來。」

「假如學生要商量，導師也有義務回應。這不是奇怪的事情。不知道是好還是壞，你還是第一個個別叫我出來的學生呢。」

茶柱老師對D班不抱熱情。就算是說客套話，她也不受同學喜愛。即使有煩惱事，應該也不太會有人和她商量。

「我有事想請教老師……您的臉色還真差耶。」

因為光線很暗，一開始我沒發現，但老師的表情就像快死掉似的陰沉。

「……別在意。這是大人的事情。所以，你有什麼事？」

我從她的氣息有酒味推測出情況。

「您說過這所學校沒有點數買不到的東西。但即使如此，也有例外對吧。」

「嗯，是啊。當然存在例外。比如就算用點數要求老師或學生性命，學校也無法答應呢。」

「那麼過去透過點數購買過最貴的東——」

我正在拋出問題時，感覺到人的動靜，於是就閉上了嘴。

「哈囉——小佐枝。妳好嗎？」

出現的是星之宮老師。她是偶然出現在這個地方的嗎？可能性微乎其微。

她要是沒跟在茶柱老師後面，這就是不可能的事。

「……妳不是醉倒了嗎？」

「咦？討厭啦，我怎麼可能會醉倒。那就是所謂的裝睡吧？」

「真是……妳好像還是老樣子很會喝酒。昨天也好，今天也好。」

看來星之宮老師正維持一心一意的節奏不停喝著酒。

「晚安——綾小路同學。你好嗎？」

她裝熟地靠過來，然後裝熟地勾著我的肩膀，還裝熟地用滿身、滿口的酒臭纏過來。未成年的我一點也無法理解，酒有這麼好喝嗎？光聞味道我就一點都不想喝。

「普通。不好也不壞。」

「真是一點也不可愛的回答耶——你最喜歡像小佐枝這種凶巴巴的大姊姊嗎？」

「別纏著學生。妳會妨礙到正事的進行。」

令人感謝的是，茶柱老師抓住星之宮老師脖子後面，把她從我身上扒開。

我腦中閃過昨天偶然聽見的對話。

老師也會互相戒備、競爭、欺騙對方，同時以上段班為目標。

這只是單純看準要提昇自己的薪水嗎？或者是像茶柱老師跟星之宮老師這樣，彼此作為學生時代的朋友，有著無法一言以蔽之的某些理由呢？

校方和教師方應該都毫無疑問貫徹著公平。假如洩漏多餘資訊成了問題，光是這樣就會是件大事。這責任是難以計量的。假如以這點作為前提思考，一之瀨就是什麼都不知情就被分到兔組。那傢伙擁有敏銳的洞察能力及觀察能力。她應該遲早都會覺得奇怪。心想為何自己會被分到兔組。要是她能理解成是單純的巧合就好。不過，星之宮老師不擅長感情收放。她應該有可能讓一之瀨察覺——這是為了讓一之瀨刺探綾小路清隆。若是這樣，那我該怎麼應對才會是最佳策略呢？我一邊思索，同時開始定下行動的結論。

「所以，你們兩個在說什麼呀？還在這種三更半夜裡。這樣豈不是個大問題嗎？」

「大問題？對學生的煩惱，我認為陪他商量是理所當然的呢。」

「既然這樣，那在更有人煙的地方會合不就好了。像這樣偷偷摸摸躲起來的話，感覺很可疑呢。」

茶柱老師面對前來刺探的星之宮老師，始終都維持冷靜的應對。

「這是綾小路希望的。他說希望商量時不被任何人看見。」

「哦——這樣是沒違反規定啦……」

「妳要是理解就快點回去。我也會隨後回去。」

「是是——你們慢慢聊——但你們可不能做出色色的事情喲——」

星之宮老師留下這一句多餘的話，就回到船裡。她好像也沒做出像隱藏自己氣息、潛藏起來的舉動。

「抱歉啊，她是各方面都很麻煩的老師。」

「不會。」

茶柱老師沒說出我們剛才正在被她刺探。哎，這應該也是她個人的問題吧。我不知道她們兩個之間有過什麼，但這與我無關。

「那麼延續剛才話題。關於過去以最高額點數購買的東西。」

茶柱老師輕輕點頭，就擺出稍作沉思的姿勢。

「假如限於我就任之後，那就是『改變校規』了呢。當然，必須是在現實範圍內的事。例如，把判定遲到為止的時間延長一分鐘這種狀況。」

茶柱老師終究不是就事實，而是以例子來回答。

「終究只是個參考範例嗎？」

「你不滿意嗎？」

「算了，沒關係。因為我知道了學校構造與點數的實用性。」

即使是微不足道的事情，也可以憑點數來更改學校的結構。換句話說，這也可以說隱藏著無限大的可能性。個人點數是極為重要的要素。

「這種事用郵件也能問吧。我不認為這是要把我叫出來問的事。」

「郵件的話會留下紀錄。我只是想避免這點。」

我只留下這句話，就走向與星之宮老師剛才回去入口不同的那扇門。

雖然我還有好幾件想確認的事，但現在只要先問這些就好。

「近期內我會有事找您相求。」

我回過頭，看見茶柱老師有些狐疑地看著我。

4

半夜時分，過了深夜兩點的時候，我隔壁鄰居似乎靜靜地醒了過來。

他盡量注意不吵醒在房裡睡覺的其他三個人，慢慢從床上溜出去。由於學生規定要穿運動服睡覺，因此可以就這樣離開房間。

我確認那男人不是要起來上廁所，就緊握自己那份房卡溜出被窩。雖然沒有保證今天就會有進展，但是行動的成果好像終於出來了。

那名男人發現我醒來，就沉默不語地與我對上視線。

我不撇開視線，告訴他我有事找他。他就用手指表示他會在走廊等我。我出了走廊，就看見那名男人……平田，好像有點傷腦筋地在等著我。

「是我吵醒你的嗎？還是你醒著呢？是哪種？」

「是後者。我在想或許你今天會出房間。」

「你為什麼會這麼想？半夜外出我今天還是第一次呢。」

我判斷貿然蒙混過去會有反效果，所以決定老實回答。

「你應該收到輕井澤的聯絡了吧？」

他好像因為我這句話大致上察知了情況。不愧是優秀的平田，他擁有無可挑剔的理解能力。

「難道你知道些什麼嗎？」

「我和輕井澤同組。雖然我不清楚自己聽到什麼程度，但我有一定程度上的了解。」

「然後呢？」平田看來像在等待我的話題後續。

剛才的說明確實不成我半夜溜出來追這傢伙的理由。

「之前你不是要我當你和堀北的中間人嗎？或許可以如你所願。」

「原來如此。換句話說你現在在這裡，是堀北同學的指示。對吧？」

他理解得很快，真是幫了大忙。我不用多做拐彎抹角的說明就了事。

「包含輕井澤的事情，兔組的詳情我都會詳盡地和她報告。結果她聽見關於輕井澤的某件事，就要我來監視你。也叫我跟在你後面偷聽你們說話。可是，平田你和我說過希望我成為中間人。所以，我覺得這會成為機會。於是才放棄偷偷摸摸進行。」

「她期望的資訊是什麼呀？」

「應該是平田所知關於輕井澤的一切吧，還有接下來你們的說話內容。」

至於為何需要關於輕井澤的資訊，平田不了解兔組的實際情形，他不會懂吧。不過，他應該知道這會對日後造成影響。

「我不知道自己可以回答到什麼程度喔。我也要顧及輕井澤同學的心情。」

平田只說這些，就在走廊邁步前進。他的樣子冷靜，完全感受不到他對突然的提議和請求有任何動搖。他的步伐很安靜。這是因為他顧慮到這個時段嗎？他連走路的方式都很注意。

他明明在床上躺了大約兩小時，髮型卻沒有很凌亂。在和他相處之中，我可以直覺他這樣不是為自己，而是為了顧慮讓人看見時，不給對方帶來不愉快。

「雖然我覺得如果是你，你不會說多餘的話，但我想接下來的話題相當敏感。再說，輕井澤同學也可能拒絕談話，直接回去。我希望你一開始就先理解這點。」

雖然也有讓我躲起來偷聽這招，但平田應該不會同意。輕井澤明明不想讓任何人聽見才半夜叫他出來，他不可能允許我在背後偷聽這種形式。既然這樣，他剛才的確認我還是老實答覆比較說得過去。我沒反駁，並且點頭答覆。

會合地點是地下二樓休息區的自動販賣機前。它位在船內長長走廊的中央。地點本身很容易引人注目，但這位置要是有人靠過來就一定看得見。若是這裡，要偷聽也很難吧。

輕井澤好像已經在等平田。她穿著一身運動服坐在沙發上。

因為腳步聲而回頭的輕井澤看見平田瞬間露出笑容，但她發現我跟在稍後方，表情就立刻變得很不高興。她站起來對我拋出這句話。

「為什麼綾小路同學你會跟平田同學在一起？」

「是我叫他一起來的。」

「是平田同學你……？為什麼？我明明就說想要單獨說話……」

「嗯，但我對輕井澤同學妳在電話上說的事情有點掛心。我認為請感覺知道情況的綾小路同學過來會比較好。我自作主張了，抱歉。」

輕井澤徹底感到不滿，但在平田面前，她好像也無法強硬揚言。

「可是……我想要單獨說……」

「假如有必要的話。但妳在電話上說的事情，不是我們兩人討論就能決定的。」

我猜這有關她和真鍋率領的C班之間的糾紛。不過，輕井澤是怎麼和平田說的呢？假如只是為了消解憤恨，她應該不至於會說要這樣兩人見面。

輕井澤好像因為有外人在而不想講，沒開口說話。

雖然平田應該不是等得不耐煩，但他好像認為這樣沉默下去也沒意義，於是開始說起感覺是他在電話上聽到的內容。

「妳剛才說自己和C班的真鍋同學她們起爭執。這是真的嗎？」

輕井澤對這問題數度欲言又止。她好像很介意我的存在，而什麼都說不出口。平田再次打破沉默。

「綾小路同學，你了解輕井澤同學和真鍋同學起糾紛的事情嗎？」

「大致上。」

看來他好像估計對話不會成立，打算與我取得事實的一致性。

輕井澤看來很不滿，但即使如此，她也安分地聽著對話。

這恐怕是因為我有看見輕井澤被真鍋她們逼問的情況吧。

「依輕井澤同學所說，她似乎被真鍋同學她們找麻煩。聽說她因此被帶去沒有人煙的地方，差點被施暴。」

「嗯，這是真的。老實說我也有目擊那個場面。另外幸村他也有看見。」

「這樣啊……」

平田稍微露出沉思動作，接著閉上雙眼。這種時候，平田會如何判斷呢？會為了斥責真鍋她們，而把她們個別叫出來嗎？或者是向學校通報呢？

「假如是真鍋同學她們單方面施暴，那就必須確實應對。我絕不允許朋友之間的暴力事件呢。」

輕井澤聽見這句充滿正義感的發言，雖然只有一瞬間，但也露出了笑容。不過她一發現我在看，就馬上擺回不開心的表情。

「是輕井澤同學單方面遭到過分的對待。是這樣沒錯嗎？」

「不……」

我正要回答原委，就發現輕井澤正沉默地瞪著我。

即使如此我也不能陳述虛假的內容，因此我就把自己看見的、感受到的如實傳達出來。

包括輕井澤之前曾經和名為梨花的少女有過糾紛，以及真鍋她們想要她對此道歉。還有事實上輕井澤差點被她們施暴的事情。

平田聽完一切，就像在補足輕井澤所說內容的兩者差異，而點了好幾次頭。

「原來如此。所以妳才會對我說出那種話。」

「那種話？」

「輕井澤同學來跟我說希望我報復真鍋同學她們。」

這是比我想像中還更危險的事情呢。她身為曾經被襲擊的這方，這想法應該是想在真正被幹掉前先解決對方吧。輕井澤遭到平田洩漏這件事實，而打破短暫的沉默。

「你為什麼要說出來……」

「因為這很不像妳。居然會想用暴力解決問題，這不像是妳的作風。」

「你女朋友可是在傷腦筋耶！如果是男朋友，一般不都會願意幫忙嗎？」

「當然是這樣。但是，我沒有那種以眼還眼的想法。妳知道吧？」

總覺得他們兩個內心層面中我所不知道的，像是信念般的東西正在彼此交錯。

「我們接下來一起思考吧。思考怎麼做才會跟真鍋同學她們變得要好。」

「這當然是不可能的啊。因為我正單方面地被怨恨。你要理解呀……！」

「單方面？這是因為妳一開始跟諸藤同學起糾紛吧？」

諸藤應該就是叫作梨花的人吧。他確實掌握對方身分，還真是厲害。

「可是那是……因為那沒辦法嘛……畢竟篠原同學她們都在場……」

「篠原在場，所以沒辦法？這是怎麼回事？」

「你別插嘴！」

我說出疑問，輕井澤就立刻大聲怒吼。高亢的聲音響徹走廊深處。

「拜託你了。幫幫我吧……平田同學，你會保護我吧？」

「我當然會保護妳。但是我沒辦法因不合理的理由傷害真鍋同學她們。我會試著利用商量方式引導妳們得出彼此都接受的結論。」

「我就說不可能了嘛！要是這種事辦得到，我就不會要你幫我了！」

雖然很不講理，但我也能理解輕井澤的說辭。輕井澤現在所處的立場比想像中還危險。就算演變成真正的暴力事件大概也不奇怪。

校規是不會輕易奏效的。未成年禁止吸菸，這在全國任何高中當然都是違反校規。可是世上卻有許多學生躲起來抽菸。世界上有很多不受法律或規則束縛的事情。霸凌應該也是其中之一吧。

平田好像很擔心輕井澤，可是同時也很擔心真鍋她們。他一點也沒打算改變優先考慮圓滿解決的態度。這並不是對待重要戀人的態度，和對待其他朋友時並無不同。

「無論理由是什麼，我都無法回應這份期待。對我來說，輕井澤同學是其中一位重要的同學。妳有困擾的話，我會幫助妳，也會保護妳。不過我無法為此傷害其他人。就算是C班學生也一樣。」

「你這個騙子！明明就說會保護我！」

「騙子？我一開始就貫徹著相同態度喔。」

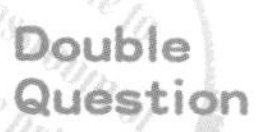

平田接連說出對D班學生來說，短時間內難以置信的事實。

「我一開始就說過了吧？我說過我們不是真正的男女朋友。我不介意假裝交往，但我絕不會只照顧妳一個人。」

沒有人懷疑過的兩人關係是假的——平田好像是這麼說的。

「唔！你、你為什麼要現在說那件事！」

她當然是對我正在聽這件事有所不滿吧。

而我也能理解這就是平田的目的。這傢伙現在在利用輕井澤引導出消息，當作是給堀北的供品。看起來是這樣。

「因為我認為是時候該有新選擇了。我想幫助妳。」

但是，他並不是要棄輕井澤於不顧，而是真心打算拯救輕井澤。

平田靠近慌亂的輕井澤，對她搭話。

可是，他卻不打算去碰她瘦削纖弱的肩膀。

「也就是說……就算我被施暴也沒關係嗎？」

「我沒這麼說。我會盡全力幫妳。到早上我打算和真鍋同學她們談談。說希望不要再讓妳困擾。說不定這不是妳的本意，但要我去轉達妳打算道歉也沒關係喔。」

「我不要這樣！」

被真鍋她們逼近時的情況，以及來拜託平田報復。

把這些考慮進去，浮現出來的便是輕井澤的本性。她的真正性格。

輕井澤擁有比什麼都更害怕的事情。

「既然這樣就沒有我能幫上的忙了。很遺憾。」

平田很冷靜。就算在這種時候也很冷靜。雖然很可靠，但也是在對只能依賴平田而生的輕井澤宣判死刑。

「綾小路同學，你有想到什麼解決方案嗎？」

平田打算讓完全只是傳令兵的我擔下重任。

「夠了！既然你不願意聽我的請求，那我就不需要你了！」

輕井澤如此喊叫，接著把手上的罐裝飲料砸到走廊上。

裡頭的飲料灑得到處都是。只有尖銳的聲響虛無縹緲地響著。

「我們的關係到今天就結束了。結束了！」

輕井澤如此說道，放棄話題才開始沒多久的這個狀況。比起隱藏的事實曝光，她看來似乎對平田不肯幫助自己一事更焦躁。

對輕井澤離去的背影，平田沒表現出要追上去的態度。

表示目前應放在優先的事項並不是她。

「綾小路同學。我有辦得到的事情，但也有些事情是辦不到的。所以，現在你才會在這裡。我希望你可以了解這點。」

我打算利用平田引出輕井澤的資訊。然而，平田卻反過來想利用我去扮演解決輕井澤糾紛的角色。

「看來你好像期望我扮演中間人之上的角色。真是自顧自耶。你是大家的夥伴，對吧？」

「是啊。我既是輕井澤同學的夥伴，也是綾小路同學你的夥伴。不過，雖然這是理所當然的，可是我會依據對象不同，改變應對方式。你比大家所想的都還更加可靠呢。」

「你完全高估我了。」

「真的是這樣嗎？就算這樣，我也很有自信看出對方心情。所以我很清楚喔。」

關於這份自信，我很想詳細問問，但還是先進行解決問題的話題吧。

「總之，我想再問一次關於你和輕井澤的關係。你們說在交往果然只是場面話，並不是真的呢。」

「這種說法，也就表示你已經推測出來了嗎？」

「你和輕井澤交往也已經經過將近四個月。可是你們兩個的關係完全沒有進展的跡象。當然，雖然也能考慮你們彼此構築著純潔的柏拉圖式關係，但即使這樣你們也總是保持一定距離。像是彼此都以姓氏稱呼對方這點。」

就算肉體上的距離不縮短，只要兩顆心靠得很近的話，照理說稱呼對方的方式也會改變。然而，無論是好是壞，平田和輕井澤的關係從一開始就完全沒改變。

若這是男女戀愛關係，完全沒改變就是件很異常的事。

「就是這樣喲。我們沒在交往。但是，我們彼此都覺得有必要交往，所以才會在一起。你能理解這種矛盾嗎？」

雖然沒真正交往，但有必要在一起。也就是說，他們彼此之間擁有利益關係。那麼藉由交往能獲得的好處又會是什麼呢？是哪方拜託、哪方答應的呢？這當然是輕井澤提出想和平田交往，而平田答應這項請求吧。在她至今的行動上能夠解釋的事情又增加了。

「這在入學起三個星期左右就成為話題，輕井澤的知名度接著急速上升。」

在小組內也能確認到類似的現象。輕井澤藉由和町田扯上關係，而做出比平時都還強硬的發言。她的存在感於是隨時間增加。

換句話說，輕井澤眼中的平田，是為了確立自己地位的槲寄生。

「你是為了幫助輕井澤確立地位，才扮演假男朋友啊。」

平田對抵達真相的我露出淡淡的微笑。

這麼一來我就得到真相了——雖然我瞬間這麼想，但實在覺得不太對勁。

而且，平田看來也沒承認就是如此。

她是為了站在金字塔階級制度的上面位置，才利用平田和町田嗎？

不，光是這樣的話，就會出現無法解釋的部分。

我想要足以支配班級的地位，你就跟我交往吧——平田被這麼拜託，就會輕易接受嗎？雖然說這是受人拜託的事，但就這樣接受的話，這請求也有點太大了。輕井澤的架子日益變大，偶爾也會做出如霸凌中加害者的舉止。

但是，為何平田連責難都沒有並且容忍著她呢？

再說……輕井澤真的是為了支配場面才利用平出他們嗎？這也是問題。如果要問她這次有無利用町田取得組內的發言權，這點也沒有。硬要說的話，她對小組沒什麼興趣，甚至沉默不語的比例比較多。她一開始應該沒有利用町田的想法吧。

那麼——她接觸町田的契機是什麼呢？

於是，我終於隱約覺得自己看見這名名為「輕井澤惠」的少女的完整面貌。

「她是為了保護自己啊。」

用刪去法消除，剩下的結果只有一個答案，可是這不會有錯。

「你還真有辦法知道……剛才聽見你說出這句話時，老實說我都起雞皮疙瘩了呢。」

「只是因為堀北告訴過我。她告訴我好幾種輕井澤會接觸平田你們的理由。」

我如此含糊帶過，但平田不是那種單純到會老實聽進去的男人。

「綾小路同學。老實說我覺得你……雖然這話很難聽，但該說是有點可怕嗎？我認為你是會讓人害怕的存在。要是造成你的不愉快，那很抱歉。」

「讓人害怕？為什麼你會這麼想？」

「我從入學起就觀察著你，但當時的你和現在的你簡直判若兩人。你散發出的氛圍，和說出的話，都讓我認為你們不是同個人。」

平田擁有不漏看目光所及的人們一舉一動的能力。

現在我和以前擁有不同想法，難怪他會覺得我很奇怪。

「我說過了吧。這是因為有堀北的建言。我會向堀北逐一轉達小組資訊。我只是依那傢伙的指示在行動。無人島上的事情也是這樣。堀北做出準確判斷，引領D班走向勝利。結果我們才能獲得大量的班級點數。換句話說，對我而言這也有很大的好處。那傢伙不擅長與人溝通到很恐怖的境界，對吧？所以，她才會要我代她向你問話。」

平田知道我很多時間都是和堀北共處、聊天，因此他也不會懷疑這點。

「堀北同學判斷拯救輕井澤同學將會連結至班級的進步，對吧。」

「嗯。」

「不過，我認為你也很厲害喔。你和池同學或山內同學他們有點不一樣。」

「我可是在那兩人之下耶。」

「就算是按照堀北同學的命令行動，現在在這裡和我對話的人也是你呢。這話題不是光靠事先受指示就能成立。再說，我認為你的說話方式有著明確的邏輯。這不是一朝一夕就能辦到的喲。」

「…………」

平田比我想的還更優秀。

我很擔心平田想拯救輕井澤的衝動可能失控，但他還是以很高的水準維持著自己的能力。

「雖然這是你說過的話，但我會答應扮演輕井澤同學的男友角色，就是為了保護她。我受到她的請求，說要我幫助她。你也許會有點難以想像，但是她國小、國中九年期間，都一直遭受著嚴重的霸凌。」

「我並不是在懷疑你，但這件事是真的嗎？」

輕井澤過度換氣的原因，果然就是她的過去。

我猜她有強烈的心理創傷，但一旦有人說出來，我還是很難以置信。

「我當然是在進入這間學校之後才遇見輕井澤同學，但我懂。遭到霸凌的人，都會擁有特殊的氣質、氛圍這類東西。所以我才會答應和她交往。輕井澤同學利用身為我女朋友的地位，擺

脫被霸凌的過去。我認為輕井澤同學現在的性格大概不是真正的她。她應該只是勉強表現得強勢吧。」

所以，她平時也許無法好好控制情緒。

遭受霸凌的人，多半都會像佐倉那樣，擁有樸素乖巧且懦弱的性格。另一方面，像輕井澤這種恣意發言的強勢人物，就不會是被霸凌的那方，多半都是處在相反立場——霸凌人的那方。

然而，總之輕井澤的性格是紙糊的、是虛有其表。所以她才在背後安置像平田或町田這種可以支配場面的人。

「不過，等等。雖然我隱約能懂，但這對你而言的好處是什麼？」

俗話說，對學生而言戀愛是青春的一部分。平田受眾多女生歡迎。雖然說這是為了輕井澤，但假裝在交往的話，就無法談場真正的戀愛。

「好處？那就是輕井澤同學能夠不受欺負地上學。就只有這樣喲。」

平田如此斷言。他毫不猶豫地說出——這既不是偽善，也不是愛情，而是為了他自己。

「你無法接受嗎？如果理由只有這樣的話。」

「我不是無法接受。只是，這裡應該有深層含意吧？」

如果是為了拯救夥伴，平田都會毫不吝惜地幫助對方。然後，他也把真鍋她們當作夥伴之一。平田太顧慮他人，甚至可以說是種病態。

平田應該是覺得既然都說到這裡，所以也必須說出當中含意。他在自動販賣機買了罐裝飲料，遞了一罐給我。我心懷感激地收了下來。

「硬要說的話，我直到上國二之前，在班上都是個很不起眼的學生。」

「平田你嗎？……有點無法想像耶。」

要從總是發揮領導能力的男人去想像這件事情是很困難的。

「雖然不起眼，但也不會太沒存在感。我也多少有些朋友。真的很平凡。我有個從小就很要好的兒時玩伴，他是個叫作杉村的男生。我們小學六年期間都同班，家裡也住很近。我還記得我們每天都會一起上下學呢。」

平田好像很懷念似的，有點虛無縹緲地回想著過去。

「升上國一之後，我們才不同班。即使這樣，一開始我們還是會一起上下學。但自從某天開始，次數就逐漸減少，我也變得都只和新班級的同學們一起玩。這件事本身……嗯，大概是很尋常的事情吧。」

因為進入新環境而結交新朋友是很自然的事。一點都不奇怪。

「可是啊……我在和新朋友玩的時候，杉村同學卻在背後遭人欺負。」

我只在旁邊看，也知道他用力握緊了罐子。

「杉村對我送出無數次求救信號。像是自己臉上受傷，或是身上出現瘀青。可是我卻優先和

朋友玩，沒認真當回事。杉村的性格原本就很好強，也容易跟人打架，所以我沒想得太深……不過，升上二年級再次見到他的時候，杉村的內心早已崩壞。他開朗活潑的形象完全消失無蹤，還視拳打腳踢的暴力行為為理所當然。欺負他的人連上廁所都不讓他去，他就在課堂上失禁，接著又再次被人欺負。這種光景就展現在我眼前……」

「你就眼睜睜看著這光景……」

「嗯。你隱約能想像，對吧。我什麼都沒做，什麼都辦不到。我害怕自己成為目標，害怕現在的快樂環境會被破壞……我一直對曾經要好的杉村視而不見。想著大家總有一天會厭煩霸凌而收手。想著杉村總有一天會不來上學，而霸凌就會消失。或者應該會有誰去幫助他。我盡是想著這些自私的事情。」

「所以，那個叫杉村的傢伙呢……？最後變得怎麼樣？」

「那天的事至今也深深烙印在我腦海。到校做足球晨練的我回到教室時，杉村正腫著臉等我到來。老實說當時待在那兒我很難受。他明明是我從小玩到大的朋友，卻讓我覺得簡直是另一個人。我甚至還心想，要是和他扯上關係，自己也會被欺負這種殘酷的事。杉村應該看見我這種醜陋的內心吧。他什麼也沒說，但就像是在對我傾訴一般……當天他在課堂中從窗戶跳了下去。」

「跳樓……也就是說他死了？」

「醫生好像判斷說是腦死。現在他父母也相信杉村會康復而等待著他。可是，現在的我並不知道他是生是死。總覺得那天的事件有點非比尋常，我現在也覺得那或許是場夢，或者是幻覺。那就是如此的不真實。杉村同學跳下去的時候我才發現一件事。發現我為了怕惹事、保護自己，而逼死重要的朋友。」

也就是說，那就是促使平田洋介這男人誕生的事件啊。

「我不覺得這會成為杉村的救贖，但我想盡量彌補。我認為我只能藉由拯救他人來達成。」

「我也不是無法了解你的心情，但世上沒有這麼單純吧。今天也一樣會有某人在某處遭受霸凌，並且就像那個叫杉村的傢伙一樣，打算結束生命。你是無法阻止這些事情的。」

「我當然清楚。我不是什麼正義的英雄。不過，我想起碼幫助身邊的人們。我必須幫助他們。這就是背負罪過的我必須去承擔的責任。」

「那這次的情況你該怎麼判斷才好？你打算拯救輕井澤和真鍋兩個相反立場的人。但是這是不會成立的事情吧？」

「……我知道很矛盾。所以或許你現在才會在這裡呢。」

原來如此。他有發現自己本身很奇怪。

也就是總之他無法不去拯救身邊認識的某個人。

「我從沒想過把這件事說給別人聽的這天會到來。沒人知道這件事實，也是我選擇這所學校的理由呢。」

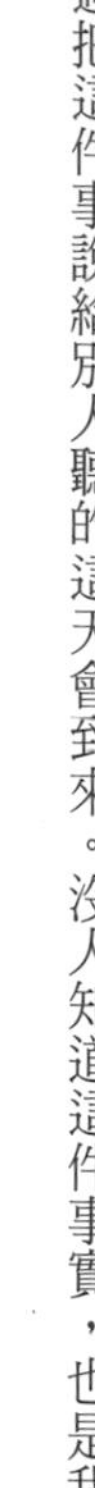

平田喝完飲料，就把它投到大大敞開著的垃圾桶裡。

「這件事情可以交給你和堀北同學嗎？」

「如果你保證不會中途插手，堀北照理說會替你想點辦法。」

「那我就決定相信你們嘍。因為這也關係著我的信念呢。」

能夠從平田那裡得到不干涉輕井澤這次事情的承諾是很重要的。平田今後傷腦筋時，恐怕都會來拜託我吧。然而，這也同時代表著我成功獲得平田的幫助。這是我想要的強大力量之一。而且我也等於得到充分的回報。

「平田，我有一件事想拜託人際關係很廣的你。你願意聽聽嗎？」

我這麼說完，就把寫著某件事情的便條紙遞給平田。

平田看見那張便條紙，就答應我的請求，也沒露出特別不願意的表情。

「另外，綾小路同學。我在考試開始之後有件事沒對你說。我知道D班剩下那名優待者是誰——」

5

考試中間休息那天，我原本為了某個目的而決定展開行動，卻因為不預期的事件而把佐倉叫出來問事情。

「牛組的考試好像結束了呢。」

「嗯……」

我和隸屬牛組的佐倉會合，一起確認學校寄來的信件。

『牛組的考試結束。牛組學生之後不必再參加考試。請小心行動，不要打擾其他學生。』

上面寫著和猴組考試結束時完全相同、不連貫，而且偏短的文章。

佐倉用不安的眼神抬頭望著我。

「難道是我做出多餘的事情了嗎……？」

「不是這樣。這代表牛組有某個人向學校舉發優待者身分。」

因為高圓寺失控而結束就另當別論，現階段的背叛應該很兩極化吧。大概是因為「有確切把握而背叛」或者「出於心急而背叛」。

「順帶一提，佐倉。妳會不會就是優待者呀？或者優待者是班級裡的某個人？」

我這麼一問，佐倉就左右搖頭表示否認。

「我不是優待者喲。不過，須藤同學他們……嗯……我也不太清楚……」

這兩天期間，身為牛組組員而活動的佐倉似乎也毫無頭緒。

「想太多可不太好喔。因為就連我也不知道小組裡的優待者是誰呢。」

「嗯……謝謝你，綾小路同學。你光是能夠對我這麼說，我就很開心了……」

「A班情況如何？我想妳應該有從謠傳聽說過……但他們在妳那組也不參加討論嗎？」

「這個嘛，對。就和其他人說的一樣。他們好像完全不說話呢。」

葛城的方針似乎在哪個小組裡都徹底執行。這樣的話，最有可能發起行動的大概就是C班。不過即使那樣也會留下疑點。龍園正試圖掌握學校制訂出的法則。但考試結構上不會宣布中途經過，因此我們不可能判別猜中或者猜錯。正因如此，要找出規律性是很困難的。萬一弄錯規律性，就很可能自毀並且受到巨大傷害。牛組之外的考試結束通知沒有送來，這也就是龍園尚未得到答案的證據。

許多學生恐怕都會對不可思議的考試結束感到不知所措。

「假如還有什麼事情，就告訴我吧。我隨時都會陪妳商量。」

「謝謝你，綾小路同學。回頭見！」

佐倉可愛地對我小幅度地揮揮手。我向她打完招呼，就往地下室前進。

我動身前往一般人不會進入的最底樓層。雖然說這裡禁止進入，但好像是因為船員會利用，所以就沒有上鎖。有著配電盤室之類的區域，基本上只會在有需要時踏入。平時完全沒有人影。

我試著出聲大喊。雖然有回音，但因為沒有人在，所以沒有任何人過來。

包括一般入口在內，出入口共有兩處。一個是連結到緊急樓梯的門。感覺平時工作人員也不會使用。我看見門口附近的灰塵，就知道它長期沒被使用。換句話說，我只要監視一個出入口，就可以掌握一切狀況。

而且很方便的是，這裡幾乎收不到手機訊號。雖然偶爾會收到一點訊號，但要寄出郵件或者聊天室訊息，都會耗費一番功夫。這裡實在是個無法打電話的場所。

「一切條件都俱全了呢。」

之後只要不弄錯步驟一路往下進行就好。

我首先先跟平田取得聯絡，再請平田把輕井澤叫到這個地方。

我希望有些緩衝時間，所以實際把輕井澤叫出來的時間，應該必須請他替我間隔一小時以上。為此，我回到上面的樓層，撥電話聯絡了平田。

我想她會因為昨天半夜的事件強烈警戒著我，不過，若是由平田說想再次單獨談談，輕井澤應該就會答應。儘管她順勢說要分手，但如果失去與平田之間的關係，傷腦筋的也會是她。輕井

澤現在正處於被真鍋她們盯上的狀況。對輕井澤而言，平田在今後漫長的校園生活裡，應該也會是個不可或缺的存在。

『我和輕井澤同學約好在下午四點。另外，我現在就把真鍋同學的ＩＤ寄給你。』

平田寄來這樣的信件。

不愧是平田。他好像順利談妥，成功約出輕井澤了。

而且平田也知道別班的真鍋的聯絡方式。因為根據情況不同，我會不得不耗費詢問櫛田的功夫及風險，所以這真的是幫了我大忙。

『不過，我不會再用謊言幫忙你了。我希望你別讓輕井澤同學傷心。』

我收到這補充說明信件。

「希望我別讓她傷心啊……」

平田要是知道我打算做的事，說不定會大發雷霆吧。

不過，只要最後不成問題就好。

為此，即使要破壞輕井澤一次，我也只要不讓他察覺修補過的地方就好。

雖然這是很極端的言論，但就算殺了人，只要沒證據就不會被判罪為殺人。

我迅速打出今天早上階段就預先想好的文章，並送出了訊息。

『那個，可以打擾一下嗎？』

我傳出這句無害的話。

原則上聊天應用程式是每支手機只能有一個帳號，不能申辦多個。不過這也備有些許漏洞。只要使用某大規模社群網站申辦新帳號，就可以再多擁有一個。當然，平時沒有學生會分別使用主帳號和副帳號。因為切換很費事，好處也很少。不過藉由申辦新帳號，就可以和他人互相取得聯絡，且不讓對方察覺自己的真實身分。

接下來我有必要謹慎進行。不過只要不弄錯步驟，應該就行得通。

儘管這聯絡是來自沒見過的寄件者，但真鍋馬上就看了我傳去的訊息。

『你是誰？』

對寄件者沒頭緒的真鍋回覆了理所當然的疑問。

『現在妳周圍有人在嗎？』

『我是自己一個人……但你是誰？』

『別把這聊天內容讓任何人看。這也是為妳好。』

『所以，我不是在問你是誰了嗎？』

『我是和妳憎恨相同對象的夥伴。我就先這麼自稱吧。』

真鍋馬上就已讀，可是她好像無法理解文章意思，暫時沒有回覆。

『你會不會是把我認錯成誰了？』

『我沒弄錯喲，真鍋同學。我會來聯絡妳，是因為那個妳恨得不得了的輕井澤同學。我在想或許我可以聽妳商量呢。』

『我不懂你意思。你能不能別再傳訊息給我？』

她的警戒心好像很強，把我當成敵人。這是理所當然的反應。

總之，我必須先解開這個誤會。

『其實我和輕井澤同學同班，平時就覺得她很棘手。我想和妳一起聯手向她報仇，所以才來邀請妳。我跟她都同樣是D班的人，所以很難直接對她復仇。因此，我希望妳幫忙我。』

『我不懂你的意思。我不理你嘍。』

儘管戒備著我，她也沒馬上結束話題，這是因為輕井澤讓她吃了大虧。她當然想幫朋友梨花的忙，還有想要報自己被瞧不起的仇。

從真鍋採取強硬手段把她帶到緊急樓梯一事也能窺見這點。

『小梨花現在也很害怕輕井澤同學。作為朋友妳不想幫助她嗎？妳的臉上現在就寫著想要復仇喲。但就算想要也無法實踐，對吧？輕井澤同學因為昨天的事情而非常防備妳。她暫時不會從平田同學或者町田同學身旁離開了吧。而且，她老是和女生一起行動，所以不會落單呢。』

『真是多管閒事。我會強行讓輕井澤同學和梨花碰面。這麼一來，就能了解真相。』

『會這麼簡單嗎？我不認為即使說謊也滿不在乎的她會承認。不如說，這只會讓小梨花困擾吧。說不定她只會被輕井澤同學拋出無情的話語，而受到傷害。不對，不只是這樣。要是招惹她怨恨，小梨花或許還會被欺負呢。』

『……那我該怎麼做才好嘛。難道你有辦法嗎？』

真鍋的內文強烈顯示她很想在下次接觸時做了斷。

『有呀。只要妳和我合作，就可以確實且安全地報仇。』

『有保障嗎？你是打算陷害我，再去跟學校告密吧？這也很像是分身帳號。』

『要是我出賣真鍋同學，妳只要把這個聊天內容給老師看就好。這帳號只能在學校手機登錄。換句話說，學校可以查明說出想要報復輕井澤同學的我的真實身分。這樣的話，要負起最大責任的就會是我。不是嗎？』

真鍋也很清楚吧。就算是分身帳號，只要解析就會立刻查明所有者。要是產生一些責任問題，很顯而易見，擬定復仇計畫的主謀——我，就會被科處嚴厲的懲罰。

『要是我現在把這些聊天內容給學校看會怎麼樣呢？你就完蛋了。』

『我覺得真鍋同學妳不是會做這種事的人。要讓別人信任自己，就得先信任別人呢。』

『我隱約了解你想說的話。我就聽聽你要說的事情吧。』

我們接下來幾分鐘期間也重複著類似的話題。我說自己有多麼憎恨輕井澤，身處想報仇卻辦不到的弱小立場，以及偶然聽見真鍋她們和輕井澤起糾紛，然後想試著接觸她等等的事情。我徹

底扮演了虛假的犧牲者。

我接著還說——要是回到陸地上，就會很難接觸輕井澤。學校或宿舍都設置著監視器，即使想要把她帶到私人空間也會引人注意，有很大可能無法順利進行。我也告訴她，無處可逃的船上才是機會。

我讓真鍋她們領悟能報仇的機會，就只有在這艘船上的期間。

慢慢且確實地喚起她心底湧上來的怒火。

『那麼——你能做到什麼？』

真鍋理解我的發言，終於開始決定參與計畫。

『我可以叫出輕井澤同學。之後就隨妳們對談、作了斷就好。』

我傳出這樣的訊息，再把船裡最底層的地圖傳過去。

『這裡沒有收訊，所以她也無法求救。那裡是個平常任何人都不會去的地方。』

『原來如此呀……也就是說，身為同班同學的你可以叫出輕井澤同學嗎？』

『我希望妳可以現在決定要不要參與我的計畫。而且，把她叫出來之後要不要報仇，只要妳見到她之後再決定就好。這樣的話也不會發生問題，不是嗎？』

我這麼打出，她已讀之後沒有回覆，是至今間隔最久的一次。

然而，不久看見她回覆的文字，我就確定自己成功了。

假如在聊天室裡的邀約失敗，我預定要執行另一個計畫。雖然很危險，但那手段是直接接觸真鍋本人。我預先拍下了她在緊急樓梯威脅輕井澤時的照片，所以我也可以直接恐嚇她。只是，這風險也很大。因為我原本就是想盡量避免加深別人對我的印象。

「接下來，就只要讓我拜見真鍋她們的本領就好了呢。」

6

昏暗的樓層裡偶爾會響徹沉重的聲音。這是船隻改變航線時發出的聲音嗎？或者是船撞上了什麼東西呢？我不清楚詳情。

一名少女來到只聽得見機械聲響的這個地方。

「什麼嘛，這樣手機不是打不通了嗎……」

距離約定時間還有十分鐘以上。她是想在見到平田之前稍微冷靜下來嗎？輕井澤一了解手機無法使用，就無聊似的把它收進口袋，然後靠在牆上。接著閉上雙眼，微微動著嘴巴，呢喃著些什麼。

那是我這裡完全聽不清楚的音量。隔一段時間之後，她會得出怎樣的結論呢？

雖然很遺憾，但平田不會聽見那些話。

快要逼近下午四點時，樓層唯一那扇門發出沉重聲響，打了開來。

現身的是C班的三人組——是真鍋率領的女生們，還有另一個人。

那是一名氣質類似佐倉那種比較溫順的女生。她恐怕就是被稱作梨花的人物。

「沒事的。」真鍋對梨花搭話，接著踏進這層樓。

隨即她們發現輕井澤的身影。輕井澤當然也發現了她們。

「為、為什麼妳們會在這裡啊！」

輕井澤對出現出乎意料的一夥人感到動搖。

而且在無處可逃，只有一條路的狹窄船內，要逃跑也很困難。

「我只是看見妳走進來這裡而已。啊，正好有這個機會，我就來介紹一下。這個人就是梨花。輕井澤同學，妳記得嗎？」

她把躲在身後的梨花拉到前面，讓她們兩個面對面。

輕井澤別開視線假裝不認識，但從態度上明顯看得出她記得梨花。

「欸，梨花。之前把妳撞飛的就是輕井澤，沒錯吧？」

「嗯，就是這個人……」

真鍋聽見這無比清楚的回答，就打從心底開心似的綻放笑容。

另一方面，輕井澤明顯地對這危險情況開始感到焦急與混亂。

接下來，我只要對接著發生的慘事坐視不管就行了。即使輕井澤遭遇比想像中還更悲慘的對待，我也完全不打算在中途出手相救。

「給我向梨花道歉。」

「哈，誰要道歉啊？我明明就沒有任何不對。」

「在這種狀況下也逞強，妳還挺厲害的嘛。不過我可是隱約知道的喲。」

「……知道什麼？」

「妳那異常害怕的態度。輕井澤同學，妳以前應該是被霸凌的人吧？」

「唔！」

不太認識的對象強硬提出了她本人打算隱瞞的事實。

「看，我說對了吧。果然啊。因為我從一開始就隱約有這種感覺呢。」

「我、我不是！」

這是個笨拙的否認。不過，就算她的演技有演員水準也不管用。真鍋不是觀察能力優秀的人。

這是因為我已經跟她洩漏了這件事。

我告訴她——輕井澤從小就受到嚴重的虐待。她有很強烈的心理創傷。

輕井澤對知道答案的人說什麼都是沒用的。

「如果是現在，妳下跪道歉的話，要我原諒妳也可以喲。妳很擅長下跪道歉，對吧？」

「我、我才不做！話說回來我根本就從來沒做過！」

輕井澤為了逃跑而打算走過她們身旁。可是真鍋卻抓住她長長的頭髮，並把她壓到牆上。

真鍋因為復仇舞台準備完成的安心與興奮感，變得無法控制自己。她在和我的聊天內容裡決定的事情，應該就只有到「和輕井澤見面」為止。真鍋應該很煩惱要不要進行暴力復仇。不過一旦見面，最後想消除累積的壓力，和周圍期待她對輕井澤報仇，這兩種情況互相重疊，於是她就開始無意識認為自己必須給對方相應的痛苦。這也正是我的目的。

這是應用在一九六〇年代進行的一項稱作「米爾格倫實驗」的心理實驗。它也叫作「艾希曼實驗」，是由在隔離設施裡準備的老師、學生角色來進行的。首先，實驗會先對老師角色，換言之就是對受試者給予低度電擊，讓他們記住電擊的痛楚與恐懼。之後，再把被指派為學生角色的人物放到與老師角色隔著一片玻璃的對面。把流通電擊的裝置安裝在學生角色身上，再把電擊按鈕交付給老師角色。這樣實驗準備就齊全了。

接下來，執行實驗的人，會指示身為受試者的老師角色對學生角色提問，要求如果答錯就通電。而且老師角色還會被指示每錯一題就要提昇電壓。實驗準備的通電按鈕最後可達四百五十伏特以上，是會致人於死地的強力電壓。相反的，第一題則是四十五伏特，為搔癢程度。

然後，實驗設計為老師角色與學生角色的聲音會互相接通。每當通電時，老師角色就會聽見學生角色慘叫。不過，雖然受試者不會被告知，但是電擊裝置是假的。學生角色只是在演自己被通電。

一開始即使通電對方也沒什麼反應，但是每次漸漸提昇電壓，就可以聽見對方的痛苦由慘叫轉為呻吟，最後變得無聲。

這個身為老師角色的受試者並無受威脅。他獲得報酬之後，只被說隨意去做就好。換句話說，在知道對方會受苦的時間點，就已經處在提出辭退也無所謂的立場。儘管如此，將近百分之六十六的受試者都會把電壓提高到讓人致死為止然後通電。

這場實驗顯示「根據狀況，無論任何人都會表現出殘酷、殘虐的特性」。

「痛、痛！好痛！放開我啦！」

輕井澤雖然傾訴頭髮被拉扯的痛楚，真鍋也只是心情不錯似的笑著。

所謂封閉環境，就是現在這個地下樓層。受試者是真鍋，學生角色則是輕井澤。

我成功準備了類似米爾格倫實驗的舞台。雖然這麼說，通常如果只在這種條件下應該可以說是很不完全吧，不過兩者的關係中假如有長期累積下來的情緒，與實驗相同的狀況就會成立。面對表現剛強的輕井澤現在的痛苦模樣，她心裡想必很暢快吧。

「啊唔！」

「唔哇，志保。妳剛才的膝擊不會太過火了嗎？好狠喔。」

真鍋對輕井澤的側腹灌進一記膝擊。不過平時並不習慣踢人的真鍋動作很遲鈍，痛楚本身應該不怎麼樣。

不過，對真鍋而言，輕井澤痛苦的叫聲就是最大的回報。她心情好像好得不得了，而對保持距離不安地盯著她的梨花如此低語說道。

「來，梨花。妳也試試看。」

「我、我就不用了……」

「我們可是為了妳才做的喲。來，反正沒任何人在看。」

雖然梨花拒絕直接的復仇，但這封閉的環境卻不允許她這麼做。只要對她說「妳也是我們的夥伴，對吧？」她就會很難一直拒絕。假如憤怒的矛頭指向自己，哪天就會輪到自己受害。她也無法完全否認自己和真鍋有相同遭遇。

「……好、好的。我試試……」

啪。小小的巴掌聲。梨花用了一個完全不會痛的耳光。

「這、這樣嗎？」

「這樣完全不行。妳必須更用力。就像這樣。」

真鍋打了輕井澤的臉頰，發出啪！的響亮聲音。輕井澤對其產生反應，覺得痛苦。梨花就像受到指導一般，慢慢地重複賞她巴掌。巴掌力道逐漸提昇。

「住、住手、住手……！」

「哈哈……真好玩……哈哈……」

比起真鍋，這名受試者說不定更適合米爾格倫這個實驗。對自己不斷採取強勢態度的輕井澤正在大喊痛苦。

「原諒我吧……」

輕井澤接著乞求原諒。她們面對這副模樣，心裡應該是暢快得不得了。

梨花變得會用力對她拳打腳踢。我甚至無法想像她一開始很害怕。更有趣的是，一開始她攻擊的地方是臉頰等看得見受傷的部位，現在卻漸漸開始重點式地瞄準制服下面或者頭皮等看不見施暴痕跡的位置。

輕井澤因為恐懼而嚇到腿軟，臉皺成一團，並且流著眼淚。

我不讓她們察覺，並觀察著這幅光景。接著不發出任何聲音開始移動。

然後不讓真鍋她們發現地靜靜打開連接緊急樓梯的那扇門。

真鍋她們的消遣會暫時持續。就算她們做了什麼都無所謂。

徹底崩潰一次，重建也會比較省事吧。

我慢慢且安靜地關上門。輕井澤的慘叫隨即被門遮蔽，變得完全聽不見。

7

我遠遠確認真鍋她們離開後，就踏進了房間。輕井澤應該有聽見門開關的聲音，卻蹲坐在地上抽抽噎噎地哭著。應該是太過恐懼，導致她沒有察覺吧。

這模樣就是平時在班上傲慢、強勢地擔任女生領袖的少女嗎？

好像是多虧我對真鍋她們建議，她的制服和身體這些看得見的部位沒有明顯傷口。要是制服破損，或是頭髮被剪掉，要蒙混過去應該就會相當辛苦。雖然世上到處都有霸凌，但如果是在這間學校則會特別難以處理。

硬要擔心的話，就是她的臉頰因為反覆被甩巴掌而有點紅紅的吧。不過，幸好她們在明天就會消掉的程度停手了。

「輕井澤。」

我向她搭話，輕井澤才發現我在旁邊，抬起了頭。

「為、為什麼……！」

她明白不可能在場的男人正看著她絕不願給人看見的模樣，而慌張了起來。

然而，她也無法立刻停止哭泣或是裝作什麼事情都沒有。

她遲早會停止哭泣，遲早會恢復冷靜。要是在哭的時候我會離開就好了——這種些許的期待對我不管用。我沒和她說話，只是在旁不停等待。

不久，嚎啕大哭的輕井澤隨著時間經過而開始恢復冷靜。

在昏暗封閉之處獨處的情況如果持續下去，彼此的距離自然而然就會縮短。就算是平常互相討厭的人，在心理上也會暫時縮短距離。人就是這樣。

「稍微冷靜下來了嗎？」

「……算是吧……」

腿軟站不起來的輕井澤用制服的袖子擦拭皺成一團哭腫的臉。我雖然試著伸出手，但她看起來沒有要來握住。

「平田同學呢……？」

「他好像要跟妳碰面，但被老師叫而不得不過去。我剛好跟他在一起，所以代替平田來跟妳說一聲。」

這麼說明的話，她也不得不暫且接受一連串經過了吧。

沒必要現在立刻就告訴她真相。我要先讓她放心，填補她內心的空隙。

「順帶一提，為什麼妳要哭啊？」

「是真鍋她們啦……我絕對不會原諒那些傢伙！」

輕井澤好像回想起剛才發生在自己身上的事，因此身體開始顫抖起來。她應該不想讓我看見這種沒出息的模樣吧。但是自己染上的心理創傷，是無法輕易消除的。

「我哭過的事情，你絕對要保密喔。你要是洩漏出去，我可絕對不原諒你。」

輕井澤的弱點就是無法向學校提出受害報告。要是讓學校知道自己被真鍋她們施暴，也就必然要暴露其理由或原委。為了保護自己的立場，她不能失去現在的地位。正因如此，她才會打算利用平田來阻止真鍋她們的行動吧。

「你呀，去對真鍋她們報仇嘛。就算像你這種人，對手若是女人應該也贏得了吧。」

「這是個很難達成的商量呢。」

「你害怕對真鍋她們復仇嗎？明明就是個男人……」

「假如報仇就完了。在須藤那件事情上就可以知道，這不是這麼單純就能了結的問題吧。對復仇再次還以復仇，問題早晚會變得很大。而且班級裡也會進行約談。這不是輕井澤妳所期盼的發展吧。」

「那麼，你是要我忍氣吞聲嗎？」

我已經決定回話內容，卻故意稍微保持沉默。

「話說回來，那些傢伙……一定又會來對我做各種事情……」

輕井澤又微微地顫抖起來。確實沒有保證真鍋她們今後就不會出手。在學校可以逃跑的地方雖然會增加，但她就會不得不持續做出逃犯般的舉止。要一直持續這件事情是不實際的。同學們也會察覺輕井澤行為上的變化。輕井澤因為這場考試而被逼到了絕境。

我從輕井澤身上看得出她想設法解決的焦躁。我要慢慢深入這份焦躁情緒。

「要是又像以前一樣的話，那就糟糕了呢。我了解妳想設法解決的心情。」

「啥……？什麼嘛。你什麼意思？」

現在輕井澤對於現身在這裡的我應該懷有兩種情緒。儘管讓我發現自己被真鍋她們欺負，她也不確定我知不知情她的過去。要是我不知道，那她就想徹底隱瞞。

「說來說去，就是字面上的意思啊。妳都特地逃進這所封閉的學校了，還在D班取得掌握霸權的地位。也就是說，結果妳身為被霸凌者的本質並沒有改變。」

「你、你說誰是被霸凌者啊！」

「就是妳啊，輕井澤。」

我抓住輕井澤的手臂，強行讓她站起。

「欸，你做什麼！」

我把輕井澤壓到牆上，讓她強行與我雙眼對望。

「妳剛才被真鍋徹底霸凌了。妳被她扯了頭髮，賞了耳光，而且胸部、腹部、腰部都被她踹了吧？所以妳才會悲慘地、沒用地、可悲地哭著呢。」

「唔！」

她應該完全不打算和我互看吧，可是還是與我對上眼神。

我們就像是要被彼此吞噬地凝視著對方的眼眸。這當然不是什麼戀愛——而是黑暗。

「妳從前就是個被霸凌的人。國小和國中都一直受盡欺負。所以這次妳才會堅定地決心不要讓人欺負。對吧？」

「你、你是從平田同學那裡……聽說的嗎……？」

「平田好歹也是大家的夥伴。他會幫助妳，但也會去幫助其他人。雖然妳坐上平田女友之座，在D班的地位因而受到保障，但如果結果變成像這次情況，那傢伙就派不上用場。也就是說，如果妳要寄生的話，這個對象還不夠。」

不過輕井澤比旁人所想的都還更加聰明。正因為明白平田是中立的人物，她一開始在兔組才沒有胡來。因此她最初才會表現得很安分吧。然而，她運氣不好。為了誇耀自己地位而與梨花這少女引起的糾紛，連結至這次騷動。

她在篠原她們面前恐怕無法展現軟弱的一面吧。

「什麼嘛……你幹嘛這麼自以為是地說話呀！」

「自以為是？這是當然的吧。妳最好掌握自己身處的狀況。現在在妳面前的人是誰？不是平田，而是我。妳被霸凌的過去、與平田的虛偽關係，以及剛才被真鍋她們霸凌而嚎啕大哭的事情，我全都知道了。」

輕井澤惠不想讓人知曉的一切，全部都讓別人知道了。

換句話說，她處在被人一把抓住心臟，並且交出了生殺大權的狀態。

「也就是說，妳要是對我採取得意忘形的態度，我隨時都可以洩漏出去。」

輕井澤應該最了解這是多麼恐怖的事。

「別、別開玩笑！你以為你是誰啊！」

「我是知道事實的人。僅只如此。重要的就只有這點吧？」

我把臉靠到幾乎快碰到她臉頰的距離。我在輕井澤撇開視線，別過臉的瞬間，抓住她的下巴，強行讓她與我對上視線。她無法忍受而企圖轉過頭，但被男人壓住的話也無法動彈。她於是閉上雙眼逃避我的眼神。

「什麼嘛！你想對我做什麼！你想要我的身體嗎！」

「身體啊？或許這也不錯。」

我迅速移動指尖，觸摸輕井澤的大腿。這柔軟觸感，真令我無法想像我們都同樣是人類。這質感和所知道的，以及我所擁有的身體很明顯不一樣。

「不要！」

她的腳逃開了我的手。我確認此事之後，就更用力地定住她的下巴，讓她的臉直視我。

「別逃。要是妳下次逃走，我就會馬上在學校到處散布妳的一切。」

輕井澤因為這句魔法般的話，簡直就像是被束縛住地身體僵硬。

「嗚、唔……嗚……」

憤怒、害怕、恐懼、絕望。啊，輕井澤現在同時背負著多少重擔呢？

我至今在校園生活中都很溫順，她應該也對我這存在的鉅變感到毛骨悚然吧。

「大腿張開。」

我這麼命令，輕井澤就流下斗大的淚珠，同時緩緩張開雙腿。

她覺悟自己會在這裡遭到侵犯，卻仍然想守護這個地位。

遭受霸凌的痛苦勝出了。這就是證據。

我故意把手放在皮帶上，發出喀啦喀啦的聲響。即使如此輕井澤也不逃走。

她拚命想接受事實，用黯然的眼神望向我，喃喃自語著。

沒錯。輕井澤惠是非常能利用的優秀人才。

我並沒有把她的身體當作目的。我終究只是在威脅她。我必須讓她體悟到——如果我逼她必須做什麼，她什麼都得去做。輕井澤已經非常了解了吧。

現在暴露我的本性是個風險。輕井澤藉由告發我，使我的立場為之一變，這也相當有可能發生。不過，這個少女辦不到這件事。

她最害怕自己的過去、最害怕失去地位。如果是為了保護這祕密，她就連獻身的要求都會答應。那祕密就是占有如此分量。

「我不會接受……我不是在被你這種人欺負……我只是被你掌握弱點然後被糟蹋而已。被一個只想恣意妄為的變態糟蹋！」

輕井澤如此吶喊。就像是發自內心的咆哮。

「沒什麼差。我也不是第一次像這樣被人用力量逼迫……」

輕井澤自嘲似的笑著，然後主動看著我的眼睛。

「呵呵……欸，你知道嗎？當別人把憑自己力量也難以挽救的現實擺在眼前時，會有怎樣的反應……」

輕井澤顫抖的身體主動摟了上來，同時陰沉地笑著，用漆黑的雙眼看著我。

「就會放棄抵抗喲。只會不帶感情地想著——對，我正在被人捕食。就連哭喊和大鬧，都會變得什麼也做不到。只會接受一切。」

輕井澤為了接受這個事實，而自己撩起裙子，把手放在內褲上。

我抓住輕井澤那纖細無力的手臂，並把她用力壓在船內的牆上。

「妳當時被做了什麼。妳過去遭受到的痛苦是什麼？」

「是什麼？……各種事情都有喲。室內鞋裡有圖釘，書桌抽屜裡有動物屍骸。進廁所之後被

潑髒水，制服上被寫淫亂或妓女等字眼。被扯頭髮、被拳打腳踢都是理所當然，你想得到的一切霸凌我都曾遭遇過。數也數不清。就連我剛才說的都只是一小部分。你溫柔得甚至讓我想笑。你要不要笑一個呀？試著來嘲笑我是個受盡欺凌的丟臉傢伙呀。」

儘管遭受到這般對待，真虧她可以重新站起來，打算再次迎戰。

正因為核心部分很強大，這傢伙才會決定重新站起，入學高中。

應該就是這樣吧。

不過……光這樣的話，就會有某些事情無法完全證明。

「妳受到的苦真的只有這樣嗎？」

「咦……？」

「就只有妳剛才說出的那些？」

我不禁隱約覺得應該有某件真正粉碎她心靈的事情。

那異常的恐懼模樣，讓我覺得她有尚未證明清楚的其他理由。

輕井澤正瞞著可以匹敵交出自己身體的某件事。

「妳在隱瞞什麼？」

「什、什麼都沒有……」

輕井澤一瞬間把頭和視線落在自己的左側腹。

我沒漏看這點，從她制服外觸摸那個部位。

「住、住手！」

她的喊叫聲響徹了圍著粗糙鐵板的走廊。

不過，我因為這反應而有了把握，於是抓住制服往上拉。她美麗的肌膚上有著不相稱的鮮明傷痕。她身上深深留下被銳利刀具剖開般的痕跡。

「妳的陰影就是這個啊。」

「唔，咕，嗚……！」

這不是以小孩霸凌就能了事的那種傷口。

這深深的傷痕，甚至散發出危及性命的氛圍。

儘管抱著這般過去，這傢伙卻還是表現得堅毅，並且站起來了啊。

我這幾天都在附近觀察這個叫作輕井澤惠的女人。這傢伙為了自己生存而強行拉攏周圍。就算會被人討厭，她也企圖繼續守護那個寶座。

「絕望也有許多種類。妳體驗到的那件事，無疑也是絕望吧。」

輕井澤內心的陰影、她的視線——對上了我的雙眼。

內心有陰影的人會互相吸引，接著互相侵蝕對方。

最後，心中有陰影的人們就會理解、包容對方的陰影。

「你、你是怎樣啊……！」

假如這傢伙被過去束縛，那我只要強行把她從那裡解放出來就好。

就算我們沒有很深的聯繫，她應該也可以深深體會我受到的創傷。

對……這世上還存在遠比輕井澤所知道的，都還更加根深柢固的黑暗。

「我能向妳保證的只有一個。就是保護妳今後不受欺負。而且將遠比平田或町田都還更加可靠。」

「也就是你可以阻止真鍋她們嗎……？」

「現在的妳應該很清楚我的話裡有幾分真。微弱的火焰只要風吹就會熄滅。可是假如加上大火，就會成為烈火，成為無論風吹雨打都不會熄滅的熊熊烈焰。妳為了我行動，我則會為了妳而行動。無論是出於善意，或者心懷厭惡，那種事都無所謂。只要這層關係成立，應該就沒問題了吧？」

「首先，我會幫妳消除妳的不安要素。」

我如此答道，就伸手拿手機。

「我有封住真鍋她們的辦法。」

我這麼說完，就拿出了自己的手機。

上面有張捕捉到她們在緊急樓梯打算欺負輕井澤的影像。

「這是……」

「只要傳這張影像過去，她們應該也就無法亂來。這可以抑制她們日後來欺負妳的行為，以及抑制她們散布不好的謠言。」

對真鍋她們來說，她們也應該因為這次事件而相當痛快。假如無意義地擴大傷口，然後給龍園添麻煩，她們就是在自掘墳墓。

我放開按著她下巴的手，接著軟下剛才毫無情感的語氣。

「我只是想要幫手。我希望妳今後在必要的事情上幫助我。」

「你說幫手是什麼意思啊？你要讓我做什麼……」

「D班再這樣下去就算竭盡全力也升不上A班。班上有很多傢伙各自擁有不錯的能力，可是卻是壓倒性地欠缺團結力，如散沙一般的班級。不過，假如可以控制女生的妳願意幫忙，今後的情況應該也會一點一點改變。」

她比堀北那種單槍匹馬戰鬥的存在還更好用。

「你、你到底是什麼啊……」

正因為她迄今只把我當作陰影般的存在，想必她一定會覺得我很毛骨悚然吧。不過，我不會多說。正因為不說，她才會怕得無可反抗。

「首先合作的第一步，就是我們要作為小組夥伴去贏得勝利。」

「你說要去贏得勝利，是要怎麼——」

「因為妳是——對吧。」

輕井澤聽見不可能在此出現的關鍵字，就忍不住看向我的雙眼。

我提出這件事實，彷彿響徹至她眼底、腦海、內心深處。

輕井澤表現出迷惘態度。不過，這只不過是演出來的。

因為寄生蟲若是不利用某人就活不下去。

現在輕井澤惠發現了我這個新宿主，於是，她就得以將生存之道集中在這條路上了。

高度育成高級中學學生基本資料　時間7/1

姓名	坂柳 Sakayanagi	
班級	一年A班	Unknown
學號	S01T004737	
社團	無	
生日	3月12日	

評價

項目	評價
學力	A
智力	A
判斷力	A
體育能力	E-
團隊合作能力	C+

面試官的評語

由於先天性心臟病的關係，這名學生的身體非常虛弱，被禁止進行一切運動。另外，因為走路問題，我們允許她平時總是攜帶拐杖。請各位務必注意不要勉強她。

導師紀錄

她即使在同年級裡也擁有出眾的成績，在學校的簡歷上可以推測她擁有無可計量的高水準思考能力。然而，由於思想好戰，因此必須注意她和同班同學葛城之間的衝突。

各自的差距

時間來到考試最後一天。現在和無人島時不同，在滿是娛樂的船內，時間過得很快。

再加上一天兩小時的寶貴討論都沒什麼內容地進行著。

儘管龍園的聯合作戰，或者葛城的堅守作戰皆已展開，B班的一之瀨帆波卻沒使出手段對抗，就這樣度過考試時間。

「哇啊啊！我又抽到了！我抽鬼牌也太弱了！」

一之瀨撒出剩下的撲克牌，用力地在我們面前倒下。

即使迎接第五次的討論，一之瀨提出的也依然是玩撲克牌。就算想責備這種行為，但由於誰都無法把A班帶入對話，因此也無法阻止。只有判斷這比閒得發慌還要好的部分學生參加。

雖然我有點在意真鍋她們對輕井澤的接觸，不過上次那張圖像傳去的效果似乎非常好，她們現在十分安分。輕井澤也相信這點，並且扮演平時的自己。

另一方面，從收到緊急樓梯附近圖像的真鍋看來，她應該會想把我或者幸村與謎樣聊天室人物疊合在一起吧。雖然我在傳送圖像之際有補充這是從同學那裡得到的，但把這視為在場其中一

人偷偷拍攝的才比較自然。真鍋也或許會想像是我們半開玩笑地給那個聊天對象看照片，又或者單純是我們轉傳給那個聊天對象而已。

結果，既然無法有把握地斷定是我，真鍋她們也無計可施。因為即使找出拍那張照片的人是誰也沒有意義。

「我再這樣下去沒關係嗎……」

在我隔壁氣餒地看我們抽鬼牌的幸村好像很憂鬱。

「真陰沉耶，幸村同學。現在應該要一起玩，解解悶吧。像是再來一局、再來一局這種感覺。」

「不用，我沒那種心情。比起這個，讓考試就這樣結束真的好嗎，一之瀨？我還以為妳會握著這組的轠繩，並把情況帶到所有人都會進行討論。」

一之瀨停下她在地上洗牌的手。

「這也太自私了吧，幸村同學。假如你真心想贏，就不該依賴誰，而是靠自己的力量來統合大家吧？」

「……這種事我知道，我知道啦。」

幸村一定也知道自己不可能把責任推卸給別人。儘管明白這點，他應該也很想改變這個無計可施的渙散氣氛。

幸村即使在全年級裡也擁有頂尖成績。假如考試測量學力，他就會是值得依賴的存在吧。然而，他就算學力高，也無法統合學生。他無法想到出人意表的點子。有些事情也是無法光憑背單字或者方程式來解決。

暑假兩場考試上，他應該和堀北一樣，就算不願意也深深體會到自己的無力。

最重要的是，他應該對在現在這種膠著情勢下也毫不動搖的一之瀨或町田感到很焦躁。

不過，只要他沒有一蹶不振，這份懊悔遲早會成為力量，回到自己身上。

1

「下次討論之後考試也就要結束了呢。綾小路同學，你那邊怎麼樣？」

我前去和堀北進行最後一次的商討。外面世界已經籠罩在一片黑暗下。聊天室裡的互動會留下紀錄。我們為了避免這點，而直接接觸。

「沒什麼進展。似乎會就這麼讓優待者逃走。妳那邊呢？」

雖然我原本認為應該幾乎無法期待堀北……

「我會贏的。」

堀北如此簡短答道。

「也就是情況萬無一失嗎？」

「不知道會有誰在哪裡偷聽，所以現在我就隱瞞詳情了。你可以相信我沒關係。一切都進行得很順利。」

我從平田那裡聽說龍組優待者就是櫛田。我想龍園或神崎他們會反覆前來刺探，但堀北好像主導情況，並且熬了過去。

既然她如此有自信，那我應該就不必擔心。之後只要等五十萬點到手就行。這應該可以說是確實的勝利吧。

「你希望我跟你商量嗎？」

「沒這個必要。隨妳去行動就好。」

就算問了龍組的事情，我也不可能幫得上忙。

「所以你要和我說什麼？你應該也想避免貿然與我接觸吧？」

龍園正拚命尋找著與堀北有聯繫的人物，她是在替我介意龍園的存在嗎……？

我從她的態度完全感受不到溫柔，但就算堀北突然用溫柔態度對待我，我也會很傷腦筋呢。

「我也不能總是害怕著龍園的眼線吧。」

「從你的口氣看來，你是有什麼辦法了嗎？」

她是不抱期待來提問的吧。我點頭之後，她好像有些吃驚。

「我拉攏了平田。我認為今後可以建立合作關係。」

「我並沒要求呢。」

「這樣就好。妳也不必和平田扯上關係。我會自行和平田進行話題，所以妳只要適當配合就好。」

「……真讓人不高興。我可是很討厭你在背後擅自行動呢。」

我就覺得如果是堀北的話，她應該會這麼說。

「那討論時妳只要露臉就好。即使不勉強發言，只要能跟上正在進行的話題就沒問題了吧？」

「哎……也是呢。」

雖然她好像很不服氣，但假如我給她參加與否的主導權，她也無法反駁。

而且，因為她也見識過平田在無人島上的統率能力，所以若是現在的堀北，她應該可以理解平田的存在對班級而言很重要。

「包含平田在內，之後我還有個想介紹給妳的人物。在考試結果宣布之前空出時間吧。」

「我還是很不高興呢。你能別擅自增加成員嗎？」

「就想成是我決定讓妳站在檯面上的代價吧。但這應該會派上用場。」

「雖然我大致上猜得到……不過算了。總之考試結束後在這裡見面吧。」

我和她這麼互相約定，就確認了手機上的時間。三十分鐘後，就是最後的討論。

「這場考試將會有幾個小組發生由叛徒進行答題的狀況呢？」

「誰知道。我對牛組結束考試很驚訝，但我也不覺得背叛會這麼反覆持續發生。最後，優待者等時間結束並且取勝逃跑，應該才會是最可能發生的情況吧。」

「是呀，我也是這麼想。」

雖然只有一瞬間，但堀北的視線往下看了一下。這是人在擔心什麼事情的時候會無意間做出的動作。

「怎麼了？」

「沒什麼。我只是稍微在這場考試的進行中感受到了無法理解的事。不過我應該沒有疏失。因為我絕對不可能會輸。」

她也許是稍微流露出至今為止按捺住的不安心情。就算對她說溫柔的話，也只會被說多管閒事，於是我閉上了嘴。

兔組每位組員都沒找出突破考試的希望，就這樣迎接了第六回的最後一場考試。我想稍微冷靜整理思緒，所以離開平田他們所在的寢室，前往小組房間。距離小組討論開始還有大約三十分鐘，因此我猜測當然沒任何人在。

然而，我這種微微的期待卻被意想不到的人物給消除。

2

「……有先到的客人啊。」

照理不會有任何人在的房間裡，有一名少女在地板上睡得香甜。

話說回來，為什麼裙子會讓男人如此心癢難耐呢。危險、危險。因為她正橫躺著，所以她那富有肉感的大腿比平常看得更清楚，而且我的視線無論如何都會被那剛好看不見裡頭的裙子給奪去。要是有完全不在意現在的一之瀨的男人，那他應該就已經是同性戀或雙性戀那類人了吧。這是健全男生無法逃避的命運。

我就算心想不可以，視線卻還是會落在她的大腿或腳尖，然後從臉龐看到胸部，接著再回到大腿。我想著這種年紀的煩惱還真讓人焦躁，但同時也被一之瀨後腦杓不遠處的某樣東西給奪去

目光。

她到睡著為止應該都在滑吧。那是一之瀨的手機。學校分發的手機上記錄著各式各樣的資訊。它不僅在這次考試上發揮重要的職責，關於個人的點數也都可以正確地確認詳細情況。

要做確認當然也需要個人的ＩＤ或密碼，不過也有很多人會為了省略每次都要登入的手續，而把這些資訊儲存在手機裡。換句話說，根據情況不同，現在我只要偷看一之瀨的手機，就有可能知道一之瀨的生活情況，或者點數持有量等。

之前我確認過一之瀨為了省略輸入ＩＤ和密碼的步驟，而把它們儲存在手機裡。

假如情況沒變，我應該就能得到資訊。我戰戰兢兢地試著靠近她一步。

「唔……」

「噢……」

我拉近距離，一之瀨似乎就感受到空氣流動或者人的動靜，而稍微動了一下。不過隨即又再度以一定的節奏打起呼。還好我沒吵醒她。我再次試著拉近距離。

「嗯……」

我到底在做什麼啊。這在蒐集情報上或許是很有效的手段，但任誰都只會覺得這是變態般的行為。假如一之瀨在我背對她的時候醒來的話呢？我會不會被她誤會像在做什麼壞事？三十分鐘

後小組考試就要開始，所以早點來房間也沒問題。既然如此，堂堂正正待在房裡不就是理所當然的嗎？如果沒有什麼虧心事，只要若無其事地待著就好。我往房間裡更踏出了一步。

「唔……嗯……姆姆姆……」

不行。每當我移動，一之瀨就會表現出要醒來的些許徵兆。我當場試著來回踏著步伐。假如一之瀨做出反應，就可以推知她是個淺眠且敏感的人物。

雖然會淺眠的人也多半都是神經質的人……

咻、咻……（右腳踏出，再回到原位的聲音）

……真可悲。

為何我必須做出這種躡手躡腳的舉動呢？而且，她睡到連夢話都沒說。

我現在的模樣要是給誰看見，這應該是對方除了「異類」兩個字之外，什麼也想不到的狀況吧。

我理解自己的行動很蠢，就放棄接觸手機，保持了距離。然後在確實和一之瀨隔了一段距離的地方坐了下來。若是這裡的話，我就不可能會看見隱藏在大腿深處的祕密，也不會想要貿然接觸她吧。

話說回來，她來得真早。一之瀨究竟是何時來到這裡的呢？

在距離考試開始還有二十分鐘的時候，房間內響起可愛的音樂。那是從一之瀨的手機傳出來的聲音。

「嗯——……」

一之瀨就這樣閉著眼睛把手伸向發出聲音的後腦杓。她一抓住手機，就隨意操作畫面停下音樂。看來她設定的鬧鐘啟動了。一之瀨好像還沒睡醒，她就這樣抬起上半身，過沒多久就察覺到了房間裡的異物——也就是我的存在。

我才在想要是她對我露出嫌惡的表情該怎麼辦，但我根本不必操這個心。

「早——安——綾小路同學。抱歉，你有被鬧鐘嚇到嗎？」

「不，並沒有。妳好像睡得很熟。」

「啊哈哈哈，抱歉呀。不小心就熟睡了。你來得真早耶，還有二十分鐘呢。」

「說出這種話的妳才是吧。妳是什麼時候到這裡的？」

「應該是大約一小時前。我想稍微安靜獨處。待在自己房間的話，朋友出入會很嘈雜。」

也就是說要午睡的話這裡好像是最適合的地方。

「而且，我也想整理腦袋中的各種想法呢。」

她那張臉與其說是因為睡過而很舒暢，不如說看起來好像是有什麼靈感。

「那麼有成果嗎？」

「應該算有吧。」

一之瀨這麼說完，就站了起來，接著不知為何特地來到我旁邊坐了下來。兩人單獨的房裡。距離縮短——我對這情況掩飾不住緊張，但一之瀨好像沒有察覺到我的不知所措。

「距離考試也還有時間，我們來聊一聊吧。如果你不會覺得困擾的話。」

「我並不會困擾。只要妳可以，那就無妨。」

「那麼就說定了。其實我有點事情想問問綾小路同學你呢。雖然班上同學，包含像是神崎同學之類的男生在內，我全都問過了。可是我沒問過別班的人是怎麼想，所以有點在意。綾小路同學，你想升上A班的想法會很強烈嗎？」

我還以為她會丟出怎樣的問題，她出乎意料地問了個普通問題。

「當然是這樣。我想升上A班。不……與其說是想以A班為目標，倒不如說是不得不以A班為目標，這樣或許才比較正確。」

「換句話說……也就是升學或就業目標會受到保障，對吧。」

這所學校雖然讓A班到D班的學生互相競爭，最大特權的保證升學、就業目標制度實施對象卻只有A班。這甚至會讓人覺得像是詐騙，不過很困擾的是，重新閱讀簡章的話，就會發現它很巧妙地含糊其辭。

「現在這個時代，升學或就業都無法隨心所欲吧。尤其是就業這方面來說呢。」

「是呀，我也是這麼想。但是太過相信制度可是很危險的喲。我認為百分之九十九點九這句話潛藏著看不見的陷阱。」

當然，學校在「百分之九十九點九的升學、就業率」這點的實現之上，應該有一之瀨說的陷阱。假如我想成為職業棒球選手，即使我這麼拜託，學校又要如何提拔沒棒球經驗的我成為職業選手呢？頂多只能靠關係，用培訓名額來加入。也不可能有辦法以正式球員出場比賽。即使大學或研究所畢業，未來也並不會就受到保障。因為從事了想要從事的職業的人，其實就只有一點點。聽說在某個統計數值上，六個國小生之中會有一個人實現夢想。乍看之下機率感覺似乎很高，但這個資料很含糊不清，基準也很模糊。成為職業棒球選手，也並不等於成為一流選手。隸屬職業棒球的選手，要是包含培訓名額，大約就有九百或一千個人。假如在職業棒球隊裡獲得正式球員才會實現真正夢想，那整個球團裡大約就是一百人吧。就連好不容易得到的正式球員之座，也必須不斷和對手競爭並且勝出才能保住。換言之，要以遙不可及的夢為目標，機率就會變得非常低。總之，要實現真正的夢想非常困難。許多學生都會重複過著怠惰的生活，他們只不過會漫無目的、懵懂地談著夢想，然後漸漸長大成人。如果這樣的我們要實現夢想，就會需要更多的努力和運氣。

「就算這樣，但這所學校的……換句話說，就是像權力這樣的東西也是很大的。這點應該是事實吧？也有很多人是因為獲得幫助而功成名就吧。還是說，一之瀨妳沒興趣呢？」

「怎麼會。我也是有的喲。有著要在A班畢業，接著想實現的夢想。」

她面露笑容，但總覺得她眼神裡蘊含著非比尋常的強烈心願。

「學校的制度雖然讓人很高興，但如果無法以A班畢業，就會很悲慘了吧。正因為這是實力主義的學校，感覺就會被貼上無法憑實力勝出的標籤。最重要的是，以班級決定優劣，也就代表——現在在這裡的我和綾小路同學之中，只有一方才能夠實現夢想。啊，雖然也是有兩人都無法實現的情況。」

即使像這樣如朋友一般彼此交談，獲勝的也只會有一個班級。有三個班級將不會得到回報。

「我聽說也有例外的方法耶。」

「嗯？你是指自己存兩千萬點的那個方法嗎？」

「嗯。雖然學校歷史上沒有學生達成，不過也有這種逆轉的絕招。」

「嗯嗯，的確。要是把這件事納入考量，我們兩個就都可以在A班畢業了呢。」

「話雖如此，能不能存到兩千萬點又是另一回事。即使在考試上可以順利存點數，但制度應該是設定成無法存到兩千萬吧。」

單看特別考試的話，雖然好像可以依據活躍程度得到大量收入，但考試目前也只舉行了兩場。未來，我們既可以集中獲得可得的點數，不過嘗到重大懲罰之類的事也很有可能會發生。

「對呀。不斷地重複節省，要是被問說能否存到一半，這也會留有疑問呢。」

「是啊，尤其D班的財政情況非常惡劣呢。雖然說堀北替大家努力過，但在無人島上得到的點數要匯進來還是很久之後的事情。不，我們也可能在這場考試上失去那些點數。」

「一之瀨，妳是很節省的人嗎？感覺妳沒有很辛苦在籌措點數。」

「嗯——不知道耶。我也不知道其他人的狀況。我應該就是普通地使用、普通地存錢這種感覺吧。雖然我隸屬B班，但我也沒擁有很多點數喲。」

一之瀨用極其自然的語氣回覆我拋出的話題。就她側臉的模樣看來，好像沒隱瞞任何事情的跡象……

「綾小路同學。」

「嗯？」

下個瞬間，一之瀨迅速拉近距離，然後繞到我前面，窺視我的表情。

「我那個時候果然讓你看見了呢。」

那雙好像快把人吸進去似的美麗雙眸，正目不轉睛地盯著我。看來一之瀨的腦筋比我想像的還要更機靈。我的目的也被她看穿了嗎？

「……抱歉。妳之前在操作手機時，我無意間看到了畫面。我說不定是因此有點在意，才會做出這種刺探般的舉止。」

「啊哈哈，我並不是在責備你。那確實是有點大量的點數呢。」

對。一之瀨沒等到第一學期結束就擁有巨額點數。那是就算不使用任何每月一日給付的點數也存不到的程度。

「可是……這件事情我無法詳細說明。抱歉呀。」

「這是理所當然的。這不是需要道歉的事。」

「這消息是綾小路同學你得到的，所以就算你要和堀北共享，我當然也不會責怪你喲。只是，綾小路同學你是直接看見。我就算被除了你以外的人逼問，會不會做出肯定的回答，就又是另一回事了。」

「我沒和其他傢伙說。也有可能是我看錯。我不會去探究。」

就算探究我也得不到完整的答案。

「妳已經找到像是獲勝之路的東西了嗎？」

「嗯——是呀。我認為我得到它的提示了。」

我以為一之瀨不會老實回答，不過她好像很有自信，而稍微露出從容的模樣。

一之瀨果然沒有浪費時間，她好像是相信著自己的策略在展開行動。

「那麼這場比賽……似乎會變成一場A班勝利或者B班勝利的比賽呢。」

「這到揭曉為止都不知道呢。我瞄準的取勝方式是——」

接近考試開始時間，組員就陸續開始集合。

A班一行人最先集合，他們並沒特別和我們打招呼，就坐到位子上。

「什麼啊，你已經來了喔，綾小路。」

「您不會是在和一之瀨殿下單獨舉行密會之類的吧？」

幸村好像單方面地討厭博士。但不管怎麼說，他們還是一起來到了房間。

他的樣子看起來沒有特別焦慮或沉著，說不定已經放棄勝利了。反之，B班學生甚至讓人感覺有點從容。

「考試就要這樣結束了呢。你有掌握到什麼線索嗎？」

濱口如此溫柔地對靜靜等待最後一場考試的我搭話。

「老實說完全沒有。畢竟我們幾乎沒成立像樣的對話呢。」

雖然我那樣回答，但這場考試一開始，我就策劃著一個必須去執行的作戰。

就是利用手機收到的學校郵件，來進行優待者的掉包偽裝。

龍組的櫛田是優待者。不過如果櫛田的手機和堀北的手機偷偷交換，那情況會變得如何呢？出示手機時，任何人都會誤會堀北就是優待者。

然後，藉由知道事實的叛徒送出堀北的名字，讓對方判斷失誤，獲得勝利。

「晚安——請多指教喲。」

一之瀨如此簡短答覆，就端正坐姿，露出一如往常的笑容。

我要發起快攻。因為我不清楚其他人藏著怎樣的策略。

再加上，只要所有人都集中在一起，他們就會騰不出時間掉包。

等著一之瀨說話的我，打算在她下次發言之前插話。

「那個，各位方便讓我說句話嗎——」

「我有些話想說——」

沒想到我和濱口會同時開口說話。

「抱歉。請你先說，綾小路同學。」

「不……你先說吧。我之後再說，沒關係。」

想不到我們說話的時間點會重疊。這巧合真是討厭。我擬定的計畫沒有問題，但如果發生這種不預期的麻煩，效果就很可能會變得不穩定。

我就先聽完濱口的話，然後再次斟酌時機提出話題吧。不過，我如此心想的企圖，卻被濱口以意外的形式給破壞。

「那麼，我就恭敬不如從命了。我這三天期間，都一直在思考要怎麼做才能夠以結果一來取勝。」

濱口突然向兔組全體成員說出自己的想法。

而且，因為那個內容類似我定下的作戰，所以我很驚訝。

「然後，我得出了一個結論。我有辦法讓所有組員都能夠以結果一為目標。」

「真的嗎，濱口？」

雖然很微弱，但已經放棄了的幸村他們眼裡亮出了希望的光芒。

「是的。正因為聽了一之瀨同學、町田同學，以及在場組員的話，我才會想到這個辦法。」

「真難以置信。靠討論是絕不可能抵達結果一的。」

對這夢幻提案提出異議的，當然就是町田。

「我們先聽他說嘛。濱口同學不是那種會因為臨時起意而發言的人喲。」

一之瀨替濱口如此圓場，創造出容易讓他說話的環境。

「現在開始我會給你們看我自己的手機。當然，手機上面會有學校寄來的郵件。不管是誰應該都可以了解這是怎麼回事吧？郵件禁止不當竄改，因此無法蒙混過去。所以事情很簡單。只要我們出示郵件，就可以知道對方是不是優待者，以及其真相。」

「說什麼蠢話。你說誰會參與這種事啊。沒有那種明知被看見瞬間就會遭受背叛，還把郵件給人看的傢伙吧。」

這是任何人都想得到，但任何人都認為不會成立而放棄的方案。身為旁觀者的町田當然也很傻眼。

「的確，優待者知道會遭受背叛所以不會出示手機。可是從不是優待者的人看來，被知道真面目這件事應該是不危險的。考試也已經要結束。假如不現在展開行動，我們就無法獲勝了吧。假設他們要班級裡串通包庇優待者，那麼那個班級誰都不會出示手機。這樣就有可能去鎖定優待者。」

「就算知道優待者的真面目或者隸屬班級，但是只要有人背叛那就完了。這問題不會解決。還是說，你要比賽誰最快背叛嗎？」

如果是這個戰略，當然或許會成功顯現出優待者。但也就只有這樣。最後大家都不會乖乖統一作答吧。

「既然這樣，就請你安靜看著吧。這件事只要町田同學你不參加就可以了吧。」

濱口這麼說道，對周遭有些拒絕的態度毫不氣餒，並且公開自己收到的郵件文章。

「我贊成濱口同學的意見。我也會讓大家看。」

接在後頭的，當然就是同樣是B班的別府。

看來這不只是無謀的行動。似乎無疑是一之瀨他們的戰略。

沒想到這發展和我所想的計畫完全相同。

然而，我不知道他們的行動究竟思考到什麼地步。

如果他們只是純粹相信大家才想出示手機，就只能說是個無謀的舉止了……

「我想這意外地是個很好的作戰呢。我也對出示手機不抱反感。」

一之瀨也像是要參與濱口提案，而露出了笑容。

她順勢般地打算拿出手機，接著就把手插到裙子的右側口袋。

「我也一直很苦惱。但聽見濱口同學說的話之後我就懂了。那個……雖然我直到今天都沒說出口……」

一之瀨嘟噥著這種耐人尋味的話，一面掏出手機。

我決定在一之瀨執行作戰之前出擊。

「妳是認真的吧，一之瀨。妳要做出賭注的話，那我也想參加這項作戰。」

我在一之瀨公布郵件前提出自己的手機。

那是和某個人物交換過的手機，並不是我自己的。

「綾小路同學……你不介意嗎？」

「嗯，聽見濱口的話，老實說我也認為只有那個方式。我不擅長討論，能夠做到的就只有讓人看見事實，以及請對方讓我看。」

「等等，綾小路。我可是反對喔！這種露骨的作戰不可能會順利進行吧！」

幸村打算阻止我，但我拒絕了他，並把郵件文章讓大家看。

接著讓所有人都知道我不是優待者。

現在看不見的水庫已經累積大量的水。即使在此打開一公分的洞，也早晚都會崩壞，並成為濁流潰堤。為了打開那個洞，我公開了郵件。

「嗯，確實是這樣。綾小路同學看來也不是優待者呢。」

「我也贊成。」

是誰緊接在後呢？在這仍有許多人對濱口的作戰嗤之以鼻的情況下，一名少女主張贊同。那是沒有人料想到的人物——伊吹澪。

「妳瘋了？這對我們沒有任何好處耶！」

當然，提出反對冒險意見的就是真鍋。

然而，伊吹回覆的話確實也很合乎情理。

「不是優待者的人，以及不隸屬優待者班級的人，再這樣下去什麼也得不到吧？就算是B班，他們也很清楚這點。這樣的話就會永遠追不上上面的班級。所以才會連手機都給大家看。關於這點我的想法也一樣。就只是這樣。」

「這——」

「還是說，妳該不會就是優待者？」

伊吹對照理說是夥伴的真鍋投以類似敵意的強烈眼神。

「我、我不是……」

「既然這樣，妳就應該可以讓大家看手機呢。」

面對某種意義上可以理解成在威脅的同伴發言，真鍋她們就像是死心一般也公開了手機。

優待者一點一點開始顯現出來。

輕井澤也拿出掛著吊飾的手機，並且遞到所有人面前。

「不只綾小路，就連妳也這樣啊，輕井澤。妳打算參加這項作戰嗎？」

「我只是為了自己才這麼做。因為我也想要個人點數嘛。」

學校寄來的郵件上寫說她不是優待者。輕井澤也是清白的。

「……呃，在下該怎麼做才好呢？」

「你要自己去思考，外村。因為這不是強制，而是自主性的呢。」

「唔……所謂好漢不吃眼前虧是也。」

在這多數人都公開的情況下，自己也只能讓人看。博士於是也打算出示手機。然而，幸村卻用手制止博士的這個行動。

「……你真的認為讓大家看就是正確的嗎？」

「你怎麼從剛才開始就嚇得在發抖。難道你就是優待者？」

伊吹吐嘈強烈表明反對意思的幸村。

應該任誰都知道幸村的表情在這個瞬間僵住吧。

「唔哇，真假？」

「不，幸村不是優待者。因為我之前就聽他說過自己不是優待者。」

我露骨地表現慌忙並如此圓場。可是部分學生卻不禁失笑。

「你要我相信這種事？這傢伙說不定只是在撒謊吧。」

真鍋理所當然地對幸村報以懷疑的眼光。

在此不斷否定他不是優待者，確實只會徒增嫌疑。我很清楚這種事。但是我的身體卻不聽使喚。

要說為什麼，因為幸村他——

「要下結論還太早了喲。因為幸村同學也有他的想法。」

一之瀨看著一連串情況，再次從左側口袋取出手機。

「雖然有點晚才跟上，不過我也會出示手機。」

她這麼說完，就闡明自己也不是優待者。

「等等，一之瀨。妳剛才說到一半的話是什麼？直到今天都沒說出口是指？」

町田沒忘記這件事，並且確實地追究。

「那只是我想說自己也一直抱著同樣的想法而已喲。」

「……是這種事情啊。」

「雖說是這種事，但我在B班也算在擔任班長呢。我只是被濱口同學搶先一步而有點不甘心。」

總而言之，除了A班和幸村，現在已經弄清楚其他人都不是優待者。

「……」

在場學生們沒有遲鈍到不了解幸村這長時間沉默的意思。

然後不知從何時開始，A班的町田他們也把身子往前傾，窺視著幸村的模樣。

「……我知道了。我會讓你們看。只要讓你們看就行了吧。」

幸村無法繼續得罪所有人，而讓步拿出手機。

「可是在這之前，我希望你們可以和我約定一件事……」

「約定？這是怎麼回事呀，幸村同學。」

「也就是我希望在場的任何人都不要背叛。尤其是A班必須拿出手機，放在我們眼前。不，是所有人都要這麼做。所有人都把手機放在看得見的地方吧。」

他向身為代表的町田搭話，但是町田卻嗤之以鼻，回覆了理所當然的話。

「我不懂你意思。這是怎麼回事？」

「意思就如字面上。僅只如此。」

「算了，好吧。如果只是要放著的話。」

保持著距離的A班所有人，都從容地把手機放在桌上。
幸村確認這點之後，就一面露出陰鬱表情，一面移動雙手。
他從口袋取出手機。亮出畫面。
接著輸入必要的六位數密碼，解除了鎖定。
等到他要開啟學校寄來的郵件之前——
「……抱歉，我說謊了。綾小路……」
幸村道歉。接著開啟學校寄來的郵件。
看見那裡寫著的文章，吃驚的人應該會是D班的成員吧。
「我就是優待者……」
那是封寫著和所有人的內容都不相同的郵件。
「啥……幸、幸村殿下您是優待者嗎……！」
博士無法置信地投以吃驚的眼神。因為這個狀況，亦即D班放走可能將入帳的五十萬點。
然而，這個幸村正是那個在背地裡跟我交換手機的人物。
「要是知道會變成這種情況，那我一開始就應該事先說出來……」
輕井澤好像也打從心底驚訝，表情上看得出來十分動搖。
幸村不可能會是優待者——從他們兩個的角度看來，會這麼想也是難怪。

町田一站起來，就懊悔地探頭窺視幸村的手機。

「看來郵件是真的。私人郵件也全部都是幸村的，所以好像沒有錯。」

町田沒經過允許，連幸村私人的郵件都檢查，確認了真相。

一之瀨對於投以懷疑眼光的町田冷靜地談起這個狀況。

「這不可能是假的喲。我們從校方接受規則說明了吧。學校寄來關於考試內容的信件，是禁止複製或轉寄的。既然它是從學校信箱寄來，製作假文章的可能性也就會是零呢。」

對，學校從一開始就嚴格禁止學生在考試上製造假消息。

既然違反的話就會有退學處分等著我們，那麼暴露在大家面前的一切都只能是真相。

就算在這裡用謊言熬過，考試後要是變成問題，結果也是一樣。

「也就是說，就是幸村同學了，對吧。」

真鍋點頭同意。現在重要的是讓大家看到幸村郵件為止的過程。拿著手機的人物……未必就是那支手機的主人。換句話說，要判斷手機是不是本人的東西，其實意外地困難。尤其如果是在考試上變得很敏感的學生們，就算他們推測手機說不定是掉包過的也不奇怪。不過，假如幸村在大家面前使用六位數密碼解鎖，那就另當別論了吧。我們不可能知道別人的手機密碼。這可以讓大家無意間把它理解成是幸村本人的手機。這不是詭辯，而是長年被灌輸的成見。

「抱歉，幸村同學……都是因為我在最後的最後想到這種辦法……」

「不，或許這樣也好。我之前想盡辦法打算貫徹謊言，可是這是錯誤的。對綾小路、外村、輕井澤來說，我覺得這樣也好……」

幸村這麼說的話，就會以作為一個想要安全獨得點數的人物，而浮現出檯面。

「……這樣所有人都知道我就是答案了吧。你們應該總算得出答案了。」

對，只要所有人一起通過，這組就可以得到五十萬點。

說不定可以連結到一般認為不可能達成的結果一。

一之瀨點了頭，強烈地請求A班。

「拜託大家。為了不浪費幸村同學的勇氣，我們就合作吧。希望大家不要背叛。」

「我們原本就是按照葛城同學的指示在行動。不會擅自行動。」

就算他那麼回答，考試結束之後我們也必然不得不解散。考試結束後的三十分鐘空白時間，我們必須相信別班學生，而不是自己的夥伴。

「我很想相信……不，我會相信所有人……」

幸村如此請求。各班都確實地接受了這件事。

他和這幾天度過相同時光的學生之間萌生出些許友誼了嗎？

大家會願意理解幸村的想法，並所有人一起分享勝利嗎？

不，這種事情絕對不可能。

這樣毫無疑問會有某人背叛。

——然後，掉包手機的我們Ｄ班，就會確定獲勝。

幸村是這麼堅信的吧。我想他拚命地在忍笑。

但是，喜悅也只是曇花一現。幸村手上拿著的手機在房間裡響了起來。

因為這通來電而最受驚嚇的人是幸村。

他急忙想從桌上收回手機，手機不順利地從手上落下。

碰巧的是畫面就這麼面向上方，滾到我們面前。

震動模式的手機一面震動桌子，一面小幅度地移動。

來電者的名字是——「一之瀨」。

她本人在我們眼前把手機貼著耳朵，同時用認真的眼神望著幸村，還有我。

「妳在做什麼啊，一之瀨。這種時候打電話到幸村的手機也沒意義吧。」

町田用狐疑地表情看著一之瀨。

一之瀨營造出除了我和幸村以外的人都無法理解的狀況。接著靜靜掛掉電話。

「學校說過『禁止更改或複製郵件』，對吧。所以我們看到的郵件絕對是真的。這沒有錯。可是對手機本身動手腳並不是禁止事項。你們知道這是怎麼回事了嗎？」

一之瀨撿起手機，把它遞來給我，而不是幸村。

「這個寫著優待者的手機主人，其實是綾小路同學你的吧？因為，剛才我撥號的對象是你，而不是幸村同學呢。」

以前我和一之瀨交換過聯絡方式。

所以這傢伙知道我的手機號碼。

不，就算她不知道，說不定也會審慎調查。

「可、可是這不是很奇怪嗎？幸村在我們面前用密碼解了鎖。再說，我為了慎重起見，不是連個人郵件或紀錄都確認過了嗎？」

「那是假的。密碼之類的東西只要預先問綾小路同學就可以輕易知道喲。況且，像是傳送紀錄或者郵件，甚至是應用程式，雖然這樣很費事，但它們都是可以掉包的。」

町田聽見這些話，就臉色大變。他伸手拿了遞向我的手機。

「再說，人是無法輕易說謊的。尤其是會在最後看得見終點的瞬間，因為大意或者緊張，而不小心產生破綻。不曉得是不是因為幸村同學在說謊，總覺得他的舉止、態度好像跟平時不同。形跡相當可疑呢。」

一之瀨確實地識破我方的偽裝手段。

幸村已經臉色慘白地在聽她說話。不，有沒有在聽也很難說。

「我們班在腦中一隅也有放著這種想法呢。想著要是優待者在自己班級，掉包手機也是一種手段。也有在思考用密碼來讓大家誤認手機屬於本人等辦法。」

看來我的作戰完全被一之瀨他們想到了。

「可是這項作戰有個決定性的弱點。那就是電話號碼的存在。就算想得到對紀錄或應用程式動手腳，但唯獨電話號碼無論如何都無計可施。我和濱口同學曾經嘗試交換ＳＩＭ卡，但這手機的ＳＩＭ卡和裝置全都被鎖定了。兩台都會變得無法使用。換句話說，假如交換就會無法通話。就算誰再怎麼交換手機，打過去響鈴就會知道物主身分。否則我們也就不會提倡要互相出示手機了呢。」

換句話說，正因為一之瀨他們預先做了識破謊言的準備，才會使出這個強硬手段。

濱口會提出這件事情，當然也是商量好的吧。

「交換手機以及在應用程式或紀錄動手腳，到這邊為止都很完美呢。不過你們沒料到我們會利用ＳＩＭ卡的裝置鎖定來進行確認，對吧？」

「呼——」一之瀨吐了口氣。這時正好響起宣布一小時討論結束前五分鐘的廣播。

學校命令小組在五分鐘內解散，回到自己的寢室。

「可惡！」

幸村的喊叫是真心的，那是毫無虛假的真實反應。

「真遺憾啊，幸村。雖然這意外地是個很好的方向呢。」

町田他們冷冷一笑，像在侮辱被看穿一切的幸村，而這麼說道。

他們也看了一眼支持這項作戰的我。

幸村和D班都仍然無法隱藏心中的動搖。C班和A班也很驚訝。

雖然我還想進行各種討論，但規則上不允許繼續進行討論。

「總之，這樣子就確定綾小路同學就是優待者。町田同學，答應我你們所有人都不會背叛，並且一起贏得結果一。」

「嗯，當然。相信我吧。我們走。」

町田率領同伴，A班的三個人比任何人都早離開房間。

「相信的人就會得到救贖喲。我們絕對不會變成叛徒。另外，也拜託C班的同學們。妳們只要忍耐三十分鐘就可以了。」

真鍋她們委婉地點點頭，接著出了房間。

幸村抓住我拿著的手機，稍微低著頭這麼說道：

「參與作戰是錯誤的。真是太糟糕了。」

組員接連離開房間，轉眼間只剩下我和一之瀨。

「之後就只能相信大家了呢。」

「嗯，是啊。」

「綾小路同學，你真是冷靜耶。你不會不安嗎？」

「什麼不安……因為我也只能相信了。我要回去房間了。」

繼續待在這裡也不會有好處。

「欸，等一下。」

一之瀨把手放在我的肩膀上叫住了我。

這瞬間……我感受到我們獨處的這個空間逐漸籠罩在緊張的氛圍下。

「這掉包手機的作戰是誰想到的呀？」

「當然是堀北啊。」

「是嗎？那麼你能幫我轉達給堀北同學嗎？說她的作戰非常成功。」

「非常成功？妳沒搞錯嗎？是非常失敗吧。這可真是個慘敗。我們被妳看透了。」

「啊哈哈哈。你們應該沒料到我會想到同樣的作戰吧。」

「抱歉啊，做出欺騙般的行為。我們明明算是締結了協定。妳生氣了嗎？」

「怎麼會。我們也是擅自就執行了作戰。彼此彼此呢。」

「妳能這麼說，堀北應該也就放心了吧。」

我這麼回答，就抓著手機打算離開房間。

「哇，等等、等等。我還沒說完關鍵的事情呢。」

「關鍵的事情？」

「真是的——你還真是意外地壞心耶，綾小路同學。手機的ＳＩＭ卡確實連同裝置都會鎖定。但它是有辦法解鎖的……對吧？因為我和星之宮老師確認，結果她說只要支付點數的話，就可以立刻解除鎖定呢。」

我感受到後腦杓有針扎般的微弱觸電感。

「人都會將假答案之後出現的答案誤認成真相。表現出解除密碼動作的幸村同學才不是什麼優待者——這個謊言敗露的瞬間，綾小路同學是優待者的事實就會悄悄露臉。接著是決勝關鍵的ＳＩＭ卡。這時，大家眼裡除了綾小路之外，已經看不見其他人。這正是個陷阱。我剛才雖然說掉包作戰不完美，但那是謊言。因為，這個掉包作戰非常有效嘛。只是陷阱必須設置『兩層以上』呢。要是使出這個手段，真相就會在黑暗之中。因為沒有辦法百分之百看穿誰是真正的優待者。」

這個一之瀨，就連我作戰裡的計中計都看得見。

她連我瞞著幸村的真正真相都發現了。首先，大前提為我不是「優待者」。但我卻以優待者身分去接觸幸村。因為我使用最重要的證據「優待者」的手機去接觸了他。然而，它真正的物主是輕井澤。雖然她順利隱藏自己身為優待者的身分，卻偷偷告訴平田這件事。平田一開始應該也無法把這事實告訴隸屬同組別的我和幸村。所以當我們在說優待者的話題時，平田才會裝作不知道。不過當我在聽輕井澤和平田的過去時，平田把輕井澤就是優待者的事情告訴了我。我接著利用真鍋欺負輕井澤，然後再利用這狀況，讓輕井澤跟我交換手機。當然，這和跟幸村交換時一樣，包含紀錄或郵件等，我都動了手腳。那時，我當然也有事先用點數執行「ＳＩＭ卡解鎖」。這個情況沒有違規，在量販店裡也是可以免費進行。雖然這裡是船上，但考試既然要使用手機，我很確定學校就會做手機壞掉時的維修或替代品等最低限度的必要準備。這樣就算使用輕井澤的手機，我也可以利用我的手機號碼來造假。接著，我便在此更進一步地把這支手機跟幸村的手機交換。當然，因為我說那是「我自己的手機」，幸村就這麼深信不疑了。假如偽裝露餡的話，幸村就會動搖且焦慮。這於是就會成為真相。

若對方很單純，那就會天真地沒發現我和幸村交換手機便了事。要是遭受敏銳者的指謫，大家也會認定被揭穿真相的我就是優待者。不過也只會到此為止。他們絕對無法抵達輕井澤才是真正優待者的這個解答。

這就是我想到的掉包手機計畫。

「假如D班裡沒有優待者的話，你們會怎麼做呢？」

「跟妳一樣。向班上弄清楚是優待者的人借手機，多準備一台具有優待者證明的手機預先帶來，然後再出面說自己是優待者就好。」

屆時真正的優待者如果慌張，或是替大家指出謊言，優待者就會成功現出原形。要是單純地深信一之瀨就是優待者，考試也會因為叛徒的失誤而結束。雖然後者B班不會獲得點數，但結果上可以縮短或拉開和某個班級之間的差距。

「我不小心露餡了嗎？」

一之瀨從左右口袋各拿出一支手機。其中一支應該是B班某組優待者的手機，而另一支則是非優待者的自己的手機。

「順帶一提，雖然這是我的推測，不過從今天對話過程看來——」

一之瀨在自己手機上輸入簡短的訊息。

「優待者的真面目，說不定就是輕井澤同學。」

她這麼說完，就在畫面上記下輕井澤的名字，然後拿給我看。

那是為了寄給學校的背叛郵件。

不過，我和一之瀨的手機卻緊接著同時響起。

『兔組的考試已經結束。請等待結果公布。』

「哎呀——果然有誰背叛了呀。會是A班和C班的哪一邊呢？」

「妳為什麼認為是輕井澤？」

「和發現幸村同學的理由相同。因為她和平常不一樣嘛。像是她平時不把你放在心上，眼神卻數度追著你看，或者表情過度僵硬之類的。只不過，輕井澤同學也有可能不是優待者，無論如何我應該無法傳送出去了吧——」

看來我方擬定的作戰徹底被一之瀨看破了。

「為什麼妳剛才沒說出這件事？至少也能暴露謊言吧。」

一之瀨笑了。那笑容直至今日我都不曾見過，深不可測。

「這還用說嗎？因為就算A班或C班某方弄錯，對我們來說都是有益的。我打從一開始就不打算獲得所有人通過的結果一，還有做出背叛行為的結果三。因為我在知道優待者不在B班的時間點，腦子裡就只想著要讓某個班級背叛。A班大概會背叛吧。」

「是町田嗎？」

「不是不是，是森重同學喲。他是坂柳同學的派系，應該不會服從葛城同學派。他不是有可能會覺得背叛並且獲得點數在各方面都有好處嗎？」

一之瀨無畏地笑著，接著背對了我。

「綾小路同學，你意外地很厲害呢。剛才和我的對話也都是臨時才想到的，對吧？」

「妳去稱讚堀北吧。這不過是那傢伙把各種假設都告訴了我而已。」

看來我必須修正對一之瀨帆波的評價了呢。

她徹底迴避風險，並且在這種情況下擬出取勝的戰略。真是無可挑剔。

「那麼，我先離開了。要是不小心觸犯禁止事項可就糟糕了呢。」

一之瀨這麼對我說的時候，我們的手機同時響起了獨特的聲響。

而且還不是一兩次，鈴聲共計四次，在短時間內響徹了房間。

「這是……怎麼回事……？」

打開手機的一之瀨打從心底感到驚訝，然後靜靜把那畫面斜過來讓我看。

3

漆黑深夜裡飄在海上的這艘船感覺有點寂寥。

不過，隨時間接近晚上十一點，人跡就漸漸增加。回過神來，寂靜的咖啡廳就成了一片盛況，學生接連逐漸坐滿位子。

一名少女接近在很早的階段就占了四人座位的我身邊。

「……久等了。」

態度有點客氣前來此處的人物是輕井澤惠。她的表情看得出來好像和至今為止不太一樣。

「在這麼晚的時間把妳叫出來，還真是抱歉。」

「不，這沒關係……」

我心想我們也不會特別對話，於是就沉默地眺望這片染成漆黑的景色。但輕井澤好像在窺視我的模樣，所以我就把視線望向了她。

「啊，呃……我是在想事情是不是真的會順利進行。」

「沒問題。毫無疑問是A班的人寫了我的名字寄出郵件。」

我使出的保險手段，除了交換輕井澤和幸村的手機之外還有另一個。我把事情處理得會順利產生相乘效果，所以應該不用擔心。

「你為什麼能夠這麼斷言？」

「這是因為你交給我的紙條是有意義的，對吧，綾小路同學。」

輕井澤因為身後靠過來的人物而嚇得雙肩震了一下。這也沒辦法。因為對方是上次她怒吼說要分手的平田。

「兩位考試都辛苦了。我可以坐下來嗎？」

「當然。」

輕井澤好像很不自在而低著雙眼，但也沒有表現出拒絕的態度。

現在是晚上十點五十五分。還有五分鐘，學校應該就會對學生同時寄出郵件。

「時間差不多了呢。堀北同學還沒好嗎？聯絡一下會不會比較好？」

「她出乎意料地是個會在極限時間才來的傢伙呢。還有四分鐘，等她來就好。」

看來唯獨這次，堀北比我所想的還要早到。

「哎……看見集合在眼前的這些人，真的就會稍微想嘆口氣呢。」

「妳終於來了啊。話說回來，妳背後的人是怎麼回事？」

「在意就輸了。我想他就像是背後靈那樣的東西。你就無視他吧。」

「才沒這回事呢，堀北。我可是顧慮到妳在考試期間應該很緊繃，才沒找妳說話耶。」

這幾天都不見蹤影的須藤健，就像在纏著堀北似的站在她旁邊。

「你很礙事，給我消失。」

「別、別這麼說嘛。我可是有按照自己的方式全力挑戰考試了耶。」

「那你有自信會留下成果嗎？」

「……就差一步了呢。好像有人搶先一步寄出了郵件。」

堀北聽見這種不加修飾的藉口好像就不理他了。她在剩下的一張空位坐了下來。須藤也急忙想去占住她隔壁桌的椅子。

「你很礙事。」

「只是聽你們說話而已，應該沒什麼關係吧。是說你們不要排擠我啦。」

儘管對這稀罕的成員聚集感到不可思議，須藤似乎還是打算聽我們說話。

「話說回來，關於剛才連續寄來的郵件……」

「嗯，我也很在意這件事。」

現在起回溯到大約兩個小時之前。我和一之瀨分開的時候，發生了一個事件。

四封郵件幾乎同時傳了過來。那些信的內容是在通知考試結束。

鼠、馬、雞、豬組，因為叛徒登場而結束考試。

「馬組的優待者是南同學，對吧。」

「嗯，換句話說，他有可能被識破了真面目。」

「別的小組也可能會有我們班級裡的某人寄出背叛信吧？」

堀北的擔憂。要是我們誤判優待者，遭受的損害應該相當巨大。

「我很擔心這件事情，所以剛才為止都在和各組聯絡。男生裡沒人作為叛徒寄出郵件。」

雖然有「要是他們都沒說謊」這個大前提，但我應該可以在某程度上相信他們吧。

「山內他沒問題嗎？」

我試著詢問自己預計或許會去挑戰勝敗的男人的事。

「啊，呃，他沒問題。山內同學是雞組。他好像有打算寄出郵件。只是他似乎猶豫不決直到最後一刻，聽說在他寄出之前考試就結束了。」

「雖然不知道對方是哪個班級的誰，但可以先背叛還真是漂亮呢。」

堀北預計如果是山內寄出，他應該十之八九會猜錯。大概就如她所說的這樣。考試結束不立刻寄出並且猶豫不決，就不應該去挑戰勝敗。

「但女生的情況就不知道了呢。」

「這件事情我確認過了。誰也沒寄信。」

輕井澤用毫不猶豫且清楚的聲音答道。

正因為她統合著D班女生，所以她和平田一樣，馬上就收集到了必要資訊。

「……是嗎？」

堀北在這點的資訊傳達、活動上束手無策。她也只能老實接受。

「話說回來，結果為什麼這次考試會以少量人數進行說明呢？」

平田好像還沒解開這個問題。他好像覺得難以想像，而這麼嘟噥道。

「這場考試是考驗『Thinking』，亦即考驗思考。所有疑問未必都有答案……難道不是這樣嗎？」

正因為看穿這是無意義的謊言，這麼理解說不定才比較自然。

真相就藏在無數個疑問之中。

「比起這些，我在意的是那四封郵件幾乎同時傳來。就算最後可以背叛的時間只有三十分鐘，但會有這種集中在一兩秒之間的事情嗎？」

「這只是巧合吧？」

從聽著對話的須藤看來，他好像把這現象想成是偶然的事件。

「高圓寺同學寄出背叛郵件時，學校的通知幾乎沒有時間差距。假如考慮到它快到感覺是自動回信這點的話……」

「那這有很大的可能就是事先商量再統一寄出。也就是說，說不定這是一個班級發起的背叛。」

正如他所說的這樣。對於在那時間點收到的四封郵件，我也只能這麼想。

「這說不定是為了誇示是由自己班級寄出，才讓寄出的時間點一致。」

「嗯，除此之外就無法想像了。而會做出這種事的人物就只有一個……」

堀北和平田自然地接著話。

我不用說多餘的話他們也能聯繫起來，這真讓人感到慶幸。

我們在這間多次利用的咖啡廳碰面是有意義的。

「妳果然在這裡呀。」

這也是為了引出將會成為第六名訪客的這個男人。

「龍園……！」

須藤發現他的存在，威嚇似的站起。可是龍園看都沒看他，就抓住空椅，強行一把把它丟在堀北旁邊，接著坐了上去。

「我想跟妳一起享受結果呢。妳能在淺顯易懂的地方，真是幫了我大忙耶。」

「嗯，是我替腦袋不好的你選擇了這個好懂的地方。感謝我吧。」

「話說回來，鈴音。以妳來說這還真是相當大的陣仗耶。這是個怎樣的心境變化？」

龍園看見聚集這桌的四個人（他沒有計算須藤）如此嘟噥道。

「被你糾纏不清，我很困擾。我們剛才就是在討論這件事。」

「你不要纏著堀北！」

「須藤同學，你閉嘴。」

「……喔……」

須藤被堀北以快攻制止，接著乖乖地坐回椅子上。真是出乎意料地順從。

「我還以為妳沒有像樣的朋友呢。哎，算了。」

這就是我對龍園展開的一個防禦對策。我藉由增加接觸堀北的人物來設置替身。他當然就會變得需要那麼多的監視眼線，進而疏忽我的存在。

「再不久就要宣布結果了，妳有把握嗎？」

「算是呢。你看起來也相當從容呢。」

「呵呵。若不是這樣我就不會特地過來了。正好跟上次一樣的傢伙也在場。」

「哦，對啊。上次的結果宣布你很好像很自以為是，最後卻得到很愚蠢的結果呢。」

須藤像是回想起來，而指著他一笑置之。

堀北就像是要附和須藤，也稍微惹人厭地像在鄙視龍園般看著他。

「別這樣，鈴音。要是現在做出多餘的事，丟臉的可會是妳喔。因為我知道小組的優待者是誰呢。」

堀北就算聽見這種不知是真是假的話也不為所動。

因為她有把握自己不會輸給龍園。

「那真是太好了呢。我很期待結果。」

「就算不用等到結果出爐，我也可以告訴你龍組的優待者是誰喔。」

「很抱歉，但這聽起來只像是喪家犬的吠聲。考試已經結束，我的龍組裡也沒有出現叛徒。這只代表著一件事情。」

龍園沒看穿優待者就是櫛田，考試就結束了。

這是不爭的事實。

「妳如果知道我的慈悲之深，說不定會因為太感激而下面濕成一片呢。」

龍園使用下流的話語，並且覺得有趣又好笑地笑了出來。

「……那我就讓你來告訴我吧。龍組的優待者是誰呢？」

龍園彷彿就在等待這句話，而用手按住自己的笑臉。從他那指縫間露出的視線就像是野獸。他就彷彿是為了咬上獵物的喉嚨，而在冷靜自己。

「櫛田桔梗。」

「咦……？」

至今對龍園怎樣的發言都沒表示反應的堀北發出這小小的聲音，同時僵住了身體。正因為她有自信絕對沒被看穿，這答案才讓她出乎意料。

然後，同樣隸屬龍組的平田也很動搖。

「很抱歉，但我在第二天的時間點就發現了喔。發現櫛田就是優待者。」

「你是在開玩笑吧……若是這樣，照理你就會作為叛徒結束考試。但是結果上考試沒有在途中結束。換句話說，這只能想成是你在考試結束之後用某種方式發現，不對嗎？」

「妳深信優待者沒被識破而拚命不斷說鬼話的模樣，以及妳那有把握獲勝的從容不迫態度，都可愛得讓我想舔遍妳全身呢。所以我不知不覺就拖到最後了。」

「你是怎麼發現這件事情的呢？」

平田似乎也對龍園的話感到恐懼，以及感到興趣，於是就問了出來。因為他就是這麼有自信可以徹底守護櫛田的存在，並且好奇龍園沒做出背叛的謎樣行為吧。

「很遺憾，這答案就在——鈴音妳身上喔。」

「在我身上……？」

堀北現在應該拚命在裝鎮靜，同時在腦中回顧考試。

想著自己是在何時、何地、如何被識破。

「我是從妳眼睛、嘴巴的動作，乃至呼吸、舉止、語氣等身體的一切看出來的喔。看出這傢伙正在撒謊呢。」

「別說笑了——」

「說笑？那麼妳說我會有其他知道結果的理由嗎？」

「這……一定是你剛才才從某個人那裡聽說……」

「雖然我很了解妳不願承認的心情啦。也就是說即使在小組裡，妳也是最沒用的一個。但妳可別責怪自己喔，鈴音。是妳的對手不好。再說，因為這場考試就應該會是在一片波濤洶湧之中激烈競爭呢。臉色將會特別蒼白的是A班。妳就放心吧。」

「你……你到底做了什麼？」

「妳馬上就會知道答案。」

看來那四封背叛信和這個龍園有很大的關聯。

到了晚上十一點，我們的手機就同時收到了郵件。

我們不理龍園，為了知道結果，而把視線落在手機上。

子（鼠）——因叛徒作答正確，而為結果三。

丑（牛）——因叛徒作答錯誤，而為結果四。

寅（虎）——徹底藏住優待者存在，因此為結果二。

卯（兔）——因叛徒作答錯誤，而為結果四。

辰（龍）——考試結束後所有組員作答正確，因此為結果一。

巳（蛇）——徹底藏住優待者存在，因此為結果二。

午（馬）——因叛徒作答正確，而為結果三。

未（羊）——徹底藏住優待者存在，因此為結果二。

申（猴）——因叛徒作答正確，而為結果三。

酉（雞）——因叛徒作答正確，而為結果三。

戌（狗）——徹底藏住優待者存在，因此為結果二。

亥（豬）——因叛徒作答正確，而為結果三。

根據以上結果，本考試中班級與個人點數的增減如下。

點數後方會附上cl、pr單位，這分別是班級點數與個人點數的簡稱。

A班……扣200cl　加200萬pr

B班……無變動　加250萬pr

C班……加150cl　加550萬pr

D班……加50cl　加300萬pr

「C班是……第一名……」

堀北他們對結果很訝異。

「太好了呢，鈴音。因為妳的失策而走漏消息的龍組竟然會是結果一。這麼一來，所有班級都會得到鉅款了呢。」

龍園慢慢地輕輕拍手，並且滿足地笑著。

「要是妳低頭求我，我也是可以幫妳對答案喔。」

「誰要——」

堀北這麼說到一半，就用力緊咬嘴唇閉上了嘴。

「真棒啊，這張表情。這可相當色情呢。」

龍園從口袋拿出手機，就把它往我們桌上滑過來。

畫面上寫的，感覺是龍園打出的清單。

鼠、雞、豬上面寫著貌似是A班優待者的名字。

「我抵達了這場考試所謂『嚴正的調整』的根本原則了呢。然後只針對A班那些傢伙攻擊。這就是其證明。」

龍園刻意不瞄準D班和B班來通過考試——他這麼說。

雖然他不可能做出這種沒效率的事，但要是事實擺在眼前也無話可說。

「接著，鈴音。雖然這是個遺憾的通知，可是我下次的目標就是妳。我會在下場考試上徹底針對妳攻擊，然後讓妳痛苦到身心都撕裂成碎片。」

堀北失去反駁的話語，只反覆地看著考試結果的郵件。

C班對其他班級取得壓倒性勝利，到這階段已經獲得了大量的點數。從結果看來，當時看似做出胡鬧回答的高圓寺猜對答案這件事，可以說是漂亮的一擊。因為若不是這樣，就會變成是C班獨自取勝。反之，高圓寺隸屬小組的別班優待者，就像是中了流彈那樣倒楣。

「妳就期待第二學期吧。」

龍園確實地報了無人島上的一箭之仇，滿足地離去。

大家原本是懷著慶祝的心情，但表情卻都嚴肅到讓人無法想像是獲勝了。

「龍園同學蒐集消息識破A班優待者，到這裡為止都可以理解。他擁有我們沒有的才能，所以這也可以接受呢。但是那龍組的結果呢？」

好像誰都想不到正確答案。沒人接續平田的疑問。

不過關於這點，不必想得太深入。

「這不是什麼困難的問題。只要想成是他想這麼做的話，就會比較容易。」

「這是怎麼回事……？」

「先不論龍園是在哪裡識破優待者，要是他在考試結束前告訴大家『櫛田就是優待者』呢？龍園的話當然沒人會信。尤其是聚集優秀人才的小組，這是理所當然的。不過，唯有在最後作答時間不同。我們就算答題錯誤，也不會有風險。那麼即使是貫徹防守的葛城，也會覺得也許真的就是這樣，而進行答題了吧？假如櫛田就是優待者的可能性有百分之一，結果一對自己而言也是有利的。」

如果揭開手段，就極為單純。不過這件事通常絕對不可能實行。

這是個只要有任何人不相信櫛田是優待者就辦不到的冒險。這種事是否真的辦得到，就算我

自己去想也是半信半疑。我不認為自己能讓計畫成功。對於他是如何讓D班之外所有人都相信，並且引領至結果一，我單純對此深感興趣。

難道他擁有「足以讓人相信的絕對證據」嗎……？

「堀北。或許——我們今後會被逼入絕境呢。」

而且還不會是一兩次就了事。根據情況不同，我們也可能永遠身處D班。

「……絕境？被龍園嗎？他在這場考試上手腕高明是事實。但是，今後未必也會是場苦戰。事實上你的小組就贏了。不是嗎？」

「是啊。應該是我想太多吧，別介意。」

現在仍只是預感而已。可是，假如這種預感準確的話呢？

那這不就會是前往絕望的第一步嗎？我不得不這麼想。

而我同時也隱約覺得名為「有趣」的這個未知情感開始萌芽。

後記

嗯嗯～（翻書確認第三集的後記）。原來如此原來如此。

看來過去的我在第三集的時候打算說出「自己可是在很早的階段就寫完原稿」呀。這次我也辦不——（以下省略）

您好，我是下定決心這次一定要加油的衣笠。睽違四個月不見了。第四集是第二回合特別考試。故事從班級單位內的互助，轉為這次混班的合作比賽。這次故事也是各個班級各自執行自己的想法來分曉勝負的形式。我記得自己學生時代時，也曾對於和別班同學待在一起無法正常表現而傷腦筋。無論跟誰都能說話的人真是厲害呢！那麼，從下一集開始，故事舞台將回到學校，並且同時開始第二學期。

第五集裡，說不定會出現前來干涉主角綾小路清隆過去的人物。不僅是同年級學生，甚至也會開始牽扯到高年級學生。問我到底要增加多少人數？我可是會一直增加下去喲。無止盡地增加（學不乖）。

只不過，假如可以的話，在這之前我也想出像是外傳那樣的作品。這次的作品偏向嚴肅發

展，我偶爾也想寫寫消除壓力的笨蛋故事。那麼，雖然很簡短，但這次就容我以這種形式來做結尾。

啊，最後——雖然這是私事，但我前陣子訂婚了。トモセ老師，對不起！（意味深長）

漫畫：一乃ゆゆ
呀呼——！我是擔任宣傳的一之瀨帆波♡
……我是堀北鈴音。
我們今天是來作漫畫版的宣傳喔！
欸，一之瀨同學，我可是很忙的。
要宣傳的話，給想做的人去做就…
好啦好啦！
啊嗯嗯嗯，真好耶…
那麼就由我…
ジロッ
綾小路同學？你沒辦法吧。

所以說呢！
漫畫版正在
《月刊 Comic
alive》
連載中♡
可愛的女孩子
就不用說，
キラ
キラ
就連穿泳裝的
男孩子都有！
這對誰
有好處？
還有我♡
還有我！♡
請各位
多多指教♡
櫛田同學，
妳能不能
別乘機
擠到中間？
唔。

Kadokawa Light Novels

破除者 1~3 待續

作者：兎月山羊　插畫：ニリツ

一刻都不容鬆懈的智慧頭腦戰——
劇情刺激又令人緊張不已的人氣懸疑小說第三彈！

超過一百五十名葉台高中學生開心參加森林夏令營之餘，竟全數遭到綁架！嫌犯是率領眾多武裝信徒，戴著狐狸面具的少女——她正是暗中計劃恐怖攻擊行動的神祕邪教「黑陽宗」教祖。包括彼方和理世，學生們只能在嫌犯脅迫下協助恐怖攻擊行動……

各 **NT$220~240/HK$68~75**

台灣角川

Kadokawa Light Novels

其實，原本只要那樣就好了

作者：松村涼哉　插畫：竹岡美穗

被喚為惡魔的少年菅原拓娓娓道來，
揭露令眾人驚愕的真相——

某所國中的男學生K自殺身亡，留下一封遺書寫著「菅原拓是惡魔」。起因據說是包括K在內的四名學生受到菅原拓的霸凌。然而菅原拓在學校是最底層的不起眼學生，K則是深受愛戴的天才少年，加上霸凌事件沒有任何目擊者，使得整起案件疑點重重。

NT$180/HK55

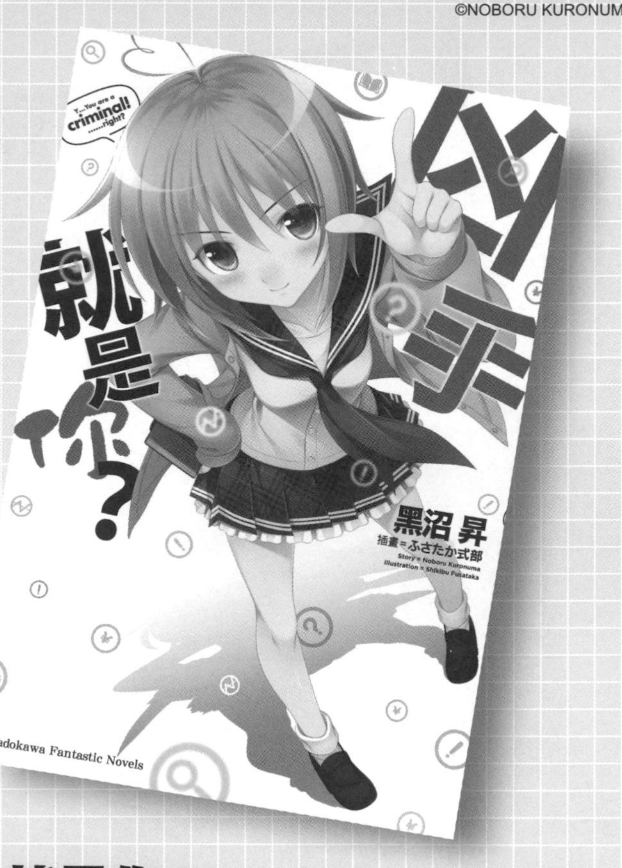

Kadokawa Light Novels

凶手就是你？

作者：黑沼昇　插畫：ふさたか式部

「——學長，你那不是超能力，只是中二病罷了。」

干支川圭一是個擁有「讀夢術」能力的超能力者。但就連他也有不知該如何相處的對象——天才女高中生推理作家小町柚葉。某天，干支川救了險些出交通意外的學姊真壁瑠璃子後，便就此被捲入與真壁家相關的奇妙事件中……

NT$200/HK$60

台灣角川

Kadokawa Light Novels

GAMERS電玩咖！ 1~3 待續

作者：葵せきな　插畫：仙人掌

雨野和校園偶像天道的死鬥揭幕！

「那麼雨野同學，開始我們的『戰爭(DATE)』吧。」

碧陽學園第三十七屆學生會長心春今天同樣在學生會室的中心呼喊愛。「讓我們開始吧……來找『傳說中的情色遊戲』！」另一方面，落單高中生雨野和校園偶像天道的死鬥正要揭幕——雙方只穿泳裝！這是將遺憾電玩咖的可愛日常記錄下來的部分片段——

台灣角川

各 NT$180~240/HK$55~75

Kadokawa Light Novels

喜歡本大爺的竟然就妳一個？ 1~2 待續

作者：駱駝　插畫：ブリキ

這次又有新的美少女來攪局！
第二集的劇情發展不容輕忽！

如果有一天，你突然和不只一位美少女發生愛情喜劇事件，你會怎麼做？當然會毫不猶豫當個幸運大色狼吧？我和葵花還有Cosmos會長明明關係搞得很尷尬，卻要和她們進行恩愛體驗？陰沉眼鏡女Pansy啊，妳不用來參一腳，我現在還是很討厭妳！

各 **NT$220~230/HK$68~70**

台灣角川

Kadokawa Light Novels

末日時在做什麼？有沒有空？可以來拯救嗎？ 1~5（完）

作者：枯野 瑛　插畫：ue

妖精少女們與青年教官在末日綻放的最後光輝。
交由新世代繼承的第一部，就此落幕。

威廉沒能遵守約定，〈嘆月的最初之獸〉的結界瓦解。昔日正規勇者付出性命作為交換，令年幼星神陷入長眠。受其餘波影響，星神與空魚紅湖伯失散，並與被封住記憶的威廉一同過著虛假的平靜生活。直到〈穿鑿的第二獸〉降臨於懸浮大陸為止——

台灣角川

各 **NT$200~250/HK$60~75**

國家圖書館出版品預行編目資料

歡迎來到實力至上主義的教室 / 衣笠彰梧
作 ; Arieru譯. -- 初版. -- 臺北市 : 臺灣角川,
2017.06-
冊 ; 公分
譯自 : ようこそ実力至上主義の教室へ
ISBN 978-986-473-717-8(第4冊 : 平裝)

861.57 106006384

Kadokawa
Fantastic
Novels

歡迎來到實力至上主義的教室 4

（原著名：ようこそ実力至上主義の教室へ 4）

2017年6月5日　初版第1刷發行
2022年5月30日　初版第17刷發行

作者：衣笠彰梧
插畫：トモセシュンサク
譯者：Arieru

發行人：岩崎剛人
總編輯：蔡佩芬
編輯：黃怡珮
美術設計：宋芳茹
印務：李明修（主任）、張加恩（主任）、張凱棋

發行所：台灣角川股份有限公司
地址：104台北市中山區松江路223號3樓
電話：（02）2515-3000
傳真：（02）2515-0033
網址：www.kadokawa.com.tw
劃撥帳戶：台灣角川股份有限公司
劃撥帳號：19487412
法律顧問：有澤法律事務所
製版：巨茂科技印刷有限公司
ISBN：978-986-473-717-8